O ETERNO MARIDO

FIÓDOR DOSTOIÉVSKI

O ETERNO MARIDO

Tradução:
Irineu Franco Perpetuo

Principis

Esta é uma publicação Principis, selo exclusivo da Ciranda Cultural.
© 2020 Ciranda Cultural Editora e Distribuidora Ltda.

Traduzido do original em russo
Вечный муж

Revisão
Fernanda R. Braga Simon

Texto
Fiódor Dostoiévski

Produção editorial e projeto gráfico
Ciranda Cultural

Tradução
Irineu Franco Perpetuo

Imagens
Maisei Raman/Shutterstock.com;
KR.Alona/Shutterstock.com

Preparação
Lia N. Marques

Dados Internacionais de Catalogação na Publicação (CIP) de acordo com ISBD

D724e	Dostoiévski, Fiódor
	O Eterno Marido / Fiódor Dostoiévski ; traduzido por Irineu Franco Perpetuo. - Jandira, SP : Principis, 2020.
	176 p. ; 15,5cm x 22,6cm. - (Literatura Clássica Mundial)
	Tradução de: Вечный муж
	Inclui índice.
	ISBN: 978-65-5552-195-5
	1. Literatura russa. I. Perpetuo, Irineu Franco. II. Título. III. Série.
	CDD 891.7
2020-2570	CDU 821.161.1

Elaborado por Vagner Rodolfo da Silva - CRB-8/9410

Índice para catálogo sistemático:
1. Literatura russa 891.7
2. Literatura russa 821.161.1

1ª edição em 2020
www.cirandacultural.com.br
Todos os direitos reservados.
Nenhuma parte desta publicação pode ser reproduzida, arquivada em sistema de busca ou transmitida por qualquer meio, seja ele eletrônico, fotocópia, gravação ou outros, sem prévia autorização do detentor dos direitos, e não pode circular encadernada ou encapada de maneira distinta daquela em que foi publicada, ou sem que as mesmas condições sejam impostas aos compradores subsequentes.

Sumário

Veltchanínov 7
O senhor de crepe no chapéu 15
Pável Pávlovitch Trussótski 27
A mulher, o marido e o amante 38
Liza 46
A nova fantasia de um homem ocioso 58
O marido e o amante se beijam 65
Liza doente 77
O fantasma 83
No cemitério 92
Pável Pávlovitch se casa 100
Nos Zakhlebínins 110
O lado de quem é maior 131
Sáchenka e Nádienka 139
Contas acertadas 148
Análise 158
O eterno marido 167

VELTCHANÍNOV

O verão chegou e Veltchanínov, contrariando as expectativas, ficou em São Petersburgo. Sua viagem ao sul da Rússia não dera certo, e não havia previsão de que o processo chegasse ao fim. Esse caso – o litígio sobre uma propriedade – tivera uma reviravolta péssima. Ainda três meses atrás, tudo parecia muito simples, quase indiscutível; mas, de alguma forma, as coisas mudaram de repente. "E, em geral, tudo começou a mudar para pior!" – Veltchanínov passou a repetir a frase para si mesmo, com frequência e azedume. Contratara um advogado hábil, caro, famoso e não poupava dinheiro; mas, por impaciência e desconfiança, cismou em se ocupar pessoalmente do caso: lia e redigia documentos que o advogado rejeitava por completo, corria por repartições, recolhia informações e, provavelmente, atrapalhava tudo e bastante; pelo menos, o advogado se queixava e o expulsava para a dacha. Entretanto, nem sequer decidiu se iria à dacha. A poeira, o sufoco, as noites brancas petersburguenses que irritam os nervos – deleitava-se com isso em São Petersburgo. O apartamento, que alugara há pouco, ficava perto do

Fiódor Dostoiévski

Teatro Bolchói[1] e também não deu certo; "nada dá certo!" Sua hipocondria crescia a cada dia, mas já era propenso a isso há tempos.

Era um homem que vivera muito e largamente, já distante da juventude, com trinta e oito, ou até trinta e nove anos, e toda essa "velhice" – em suas próprias palavras – chegara-lhe "de forma quase completamente inesperada"; ele mesmo compreendia que envelhecera não pela quantidade, mas, por assim dizer, pela qualidade dos anos e que, se suas debilidades já tinham começado, eram antes interiores do que exteriores. Por fora, mesmo agora parecia jovem. Era um indivíduo alto e encorpado, sem um fio grisalho sequer nos cabelos espessos e castanho-claros, com barba comprida e castanha, que quase chegava à metade do peito. Ao primeiro olhar, era desajeitado e tosco; porém, ao observar com mais atenção, você reconheceria nele de imediato um cavalheiro de ótimos modos, que recebera educação da mais alta sociedade. Assim, as maneiras de Veltchanínov eram livres, ousadas e até graciosas, apesar de toda rabugice e falta de jeito que adquirira. E mesmo agora estava repleto da autoconfiança mais inabalável, insolente e típica da alta sociedade, de um tamanho que talvez nem ele suspeitasse e apesar da qual era um homem não apenas inteligente, mas também às vezes até sensato, quase culto e com talentos indubitáveis. A cor de seu rosto, franco e corado, distinguira-se antigamente por uma ternura feminina, que atraía a atenção das mulheres; mesmo hoje, há quem, olhando para ele, diga: "Que bonitão, enxuto e sacudido!" Contudo, esse "bonitão" era cruelmente acometido de hipocondria. Seus olhos, grandes e azuis, há dez anos também tinham muito de vitoriosos; eram tão radiantes, alegres e despreocupados que, sem querer, atraíam todos que cruzavam com ele. Agora, chegando aos quarenta, a clareza e a bondade tinham praticamente se apagado nesses olhos, já rodeados de leves rugas; neles surgira, pelo contrário, o cinismo de um homem cansado, não completamente moral, a astúcia e

---

[1] Não confundir com a célebre casa homônima de Moscou. O Teatro Bolchói (em russo, grande) de São Petersburgo localizava-se, entre 1783 e 1885, na Praça Teatral, no lugar do atual Conservatório. (N. T.)

o sarcasmo cada vez mais frequentes, sem falar em uma nova nuance de tristeza e dor – uma tristeza distraída, como que imotivada, porém forte. Essa tristeza se manifestava especialmente quando ele ficava sozinho. E o estranho era que, apenas dois anos antes, esse ruidoso, alegre e distraído homem, que contava de modo tão glorioso narrativas tão divertidas, agora não gostava de nada tanto quanto de ficar absolutamente sozinho. Abandonou intencionalmente muitos conhecidos que mesmo agora poderia ter conservado, apesar da desordem definitiva de suas condições monetárias. Verdade que a vaidade contribuiu para isso: com sua desconfiança e vaidade, não era possível suportar os conhecidos de antes. Entretanto, mesmo a vaidade, aos poucos, começou a se modificar na solidão. Não diminuiu; foi até o contrário. Mas começou a degenerar em um tipo peculiar de vaidade, que antes não havia: às vezes, punha-se a padecer por motivos completamente diferentes dos costumeiros, de antes – por motivos inesperados e que antes seriam absolutamente impensáveis, por motivos "mais elevados" que até então, "caso seja possível dizer isso, caso de fato haja motivos mais elevados e mais baixos..." Isso já foi ele que acrescentou.

    Sim, chegara até mesmo a isso; batia-se agora com motivos *elevados*, nos quais antes sequer pensara. Em sua consciência, sinceramente chamava de elevados todos os "motivos" dos quais (para seu espanto) não podia rir sozinho de jeito nenhum – o que até então não ocorrera –; ah, em sociedade era outra coisa! Sabia perfeitamente que bastava produzirem-se as circunstâncias e, no dia seguinte, em voz alta, apesar de todas as decisões secretas e devotas de sua consciência, tranquilamente renegaria todos aqueles "motivos elevados" e seria o primeiro a levá-los ao riso, obviamente sem admitir nada. E era de fato assim, apesar da parcela, até bastante significativa, da liberdade de pensamento conquistada por ele nos últimos tempos com relação aos "motivos baixos" que o dominavam até então. E quantas vezes, levantando-se da cama pela manhã, não começara a se envergonhar dos pensamentos e sentimentos que vivenciara na noite de insônia! E, nos últimos tempos, padecia completamente de insônia. Há tempos, já havia notado que se tornara extraordinariamente desconfiado em tudo, no que era relevante e nas ninharias, motivo pelo qual estabeleceu que confiaria em si mesmo o mínimo possível. Contudo, apresentaram-se fatos que já não permitiam negar, de qualquer maneira, a sua existência. Nos últimos tempos, às vezes, à noite, seus pensamentos e sensações se alteravam quase por completo em comparação com os de sempre e, na maior parte, não se pareciam de maneira alguma com os que lhe ocorriam na primeira metade do dia. Isso o espantou – e ele até se aconselhou com um célebre médico, na verdade um conhecido; obviamente, falou com ele brincando. Recebeu como resposta que a modificação, e até a duplicidade, de pensamentos e sensações à noite, durante a insônia e nas noites em geral, era um fato disseminado entre pessoas que "pensam fortemente e sentem fortemente", que convicções de vida inteira às vezes se alteravam subitamente sob a influência melancólica da noite e da insônia, que de repente, sem mais nem menos, decisões fatais eram tomadas – mas isso, naturalmente, dentro de determinadas medidas – e que se, por fim, o sujeito sentisse essa duplicidade demais, a ponto de o caso chegar ao sofrimento, era sinal indiscutível de que uma doença estava se formando; queria dizer que era preciso fazer algo sem demora. O melhor de tudo seria alterar radicalmente o modo de vida, alterar a dieta ou até fazer uma viagem. Faria bem, naturalmente, um laxante.

Veltchanínov não quis escutar mais, mas a doença fora-lhe completamente demonstrada.

"Pois bem, tudo isso é só doença, tudo isso de 'elevado' é apenas doença, e mais nada!", exclamava mordaz, às vezes, para si. Tinha muita vontade de não concordar com isso.

Logo, aliás, pela manhã começou a se repetir o que ocorria exclusivamente nas horas noturnas, só que com mais bile do que à noite, com raiva em vez de arrependimento, com zombaria em vez de comoção. Em suma, vinham-lhe à memória, com frequência cada vez maior, "subitamente, e Deus sabe por quê", incidentes de sua vida passada, e passada há muito tempo, mas que vinham de uma forma especial. Veltchanínov, por exemplo, há tempos queixava-se de perda de memória: esquecia o rosto de gente conhecida que, ao encontrá-lo, se ofendia com ele; nessa época, às vezes esquecia completamente um livro lido seis meses atrás. Mas o quê? Apesar dessa privação diária e evidente de memória (que muito o preocupava), tudo que se referia ao passado remoto, tudo que por dez, quinze anos estivera completamente esquecido, de repente, às vezes, vinha-lhe à memória, com uma exatidão tão magnífica de impressões e detalhes que era como se ele voltasse a vivenciá-los. Alguns dos fatos recordados estavam esquecidos a um ponto que lhe parecia um milagre poderem ser recordados. Porém, isso ainda não era tudo. E que pessoa que viveu à larga não tem seu tipo de lembranças? Mas a questão é que tudo que era recordado voltava agora como se preparado por alguém, de um ponto de vista absolutamente novo, inesperado e antes impensável de todo sobre o fato. Por que algumas lembranças agora lhe pareciam crimes consumados? E não era questão apenas dos vereditos de sua mente; não acreditaria em sua mente sombria, solitária e doentia, mas chegava à maldição, quase às lágrimas, se não externas, então internas. E, ainda há dois anos, ele não acreditaria se lhe dissessem que choraria alguma vez! No começo, aliás, recordava-se mais não de coisas sensíveis, mas de mordazes: recordava-se de uns fracassos sociais, humilhações; lembrava-se, por exemplo, de como "um intrigante o caluniara" e, consequentemente, pararam de recebê-lo em uma casa; de como, por exemplo, e nem fazia tanto tempo, fora ultrajado de forma categórica e pública e não o desafiara para duelo; de como atingiram-no com um epigrama espirituosíssimo em um círculo com as mulheres mais bonitas, e ele não encontrou o que responder. Recordava-se até de duas, três dívidas não pagas, na verdade ninharias, porém dívidas de honra, com gente com a qual parara de se dar e da qual já falara mal. Atormentava-o também (mas somente nos momentos mais raivosos) a lembrança de duas fortunas dissipadas da forma mais estúpida, ambas significativas. Mas logo passou a se recordar também do "elevado".

De repente, por exemplo, "sem mais nem menos", recordava-se da figura esquecida – e esquecida por ele no mais alto grau – de um velho funcionário bondoso, grisalho e ridículo que ofendera certa vez, muito tempo atrás, pública e impunemente, só por fanfarronice, só para não deixar passar um calembur engraçado e bem-sucedido, que lhe conferiu glória e que ele depois repetiu. O fato fora esquecido a tal ponto que não se recordava sequer do sobrenome do velhote, embora logo todas as condições do incidente tenham se apresentado com clareza inconcebível. Lembrava-se nitidamente de que o velho então intercedera pela filha, que vivia com ele e ficara solteirona, e sobre a qual, na cidade, começaram a correr boatos. O velhote iniciou por responder e zangar-se, mas de repente pôs-se a soluçar diante de todos, o que até causou alguma impressão. Acabou que, para rir, embebedaram-no de champanhe e zombaram em dobro. E agora, ao se recordar "sem mais nem menos" de como o velhinho pranteava e cobria-se com as mãos, como uma criança, Veltchanínov tinha de repente a impressão de que jamais se esquecera daquilo. E que estranho: tudo isso sempre lhe parecera muito engraçado, mas agora era o contrário, exatamente pelos detalhes, exatamente por ele cobrir o rosto com as mãos. Depois, recordava-se de como, exclusivamente para fazer piada, caluniara a mulher lindíssima de um professor de escola, e a calúnia chegara ao marido. Veltchanínov logo saiu daquela cidadezinha e não soube qual foi o desfecho consequente de sua calúnia, no entanto agora, de repente, punha-se a imaginar qual tinha sido – e Deus sabe até onde teria chegado sua imaginação se de repente não lhe tivesse aparecido uma lembrança muito mais próxima, de uma moça, da pequena-burguesia modesta, que nem lhe agradava, da qual reconhecia que até se envergonhava, mas com a qual, sem saber por quê, tivera um filho e a qual abandonara com o bebê sem sequer se despedir (verdade que não tivera tempo) quando partira de São Petersburgo. Depois, procurou a moça por um ano inteiro, mas não a conseguiu achar de jeito nenhum. Aliás, eram quase centenas de lembranças assim, e era como se cada lembrança arrastasse consigo dezenas de outras. Aos poucos, sua vaidade também começou a padecer.

Já dissemos que sua vaidade degenerara em algo peculiar. E com razão. Em alguns instantes (raros, aliás), chegava às vezes a tamanho alheamento que não se envergonhava sequer de ter sua própria carruagem, de vagar a pé entre as repartições, de ter se tornado alguém desleixado com o traje – e, se acontecesse de algum dos velhos conhecidos medi-lo com um olhar zombeteiro na rua ou simplesmente fingisse não o conhecer, restava-lhe, na verdade, altivez suficiente para sequer franzir o cenho. E não franzir a sério, de verdade, não apenas para as aparências. Obviamente, isso acontecia com raridade, eram apenas minutos de alheamento e irritação, mas, de qualquer forma, sua vaidade passou aos poucos a se afastar dos motivos anteriores e a se concentrar em torno de uma única questão que incessantemente lhe vinha à mente.

"Ora, veja – punha-se a pensar, às vezes, de forma satírica (e quase sempre, pensando sobre si, começava satírico) –, ora, veja, alguém de lá preocupa-se com a correção de minha moral e me envia essas malditas lembranças e 'lágrimas de arrependimento'. Que seja, mas é em vão! Tudo isso é tiro com cartucho sem carga! Afinal, eu não sei com certeza, mais exato ainda do que com certeza, que, apesar de todas essas lágrimas de arrependimento e autocondenação, não tenho uma gotinha de independência, não obstante todos os meus estupidíssimos quarenta anos? Afinal, se amanhã ocorrer a mesma tentação, produzirem-se, por exemplo, novamente circunstâncias que façam ser vantajoso para mim espalhar o boato de que a mulher do professor recebeu meus presentes, com certeza vou espalhar, não vacilarei, e a coisa será ainda pior, mais obscena do que da primeira vez, pois já será a segunda vez, e não a primeira. E se me ofender de novo, agora, aquele principezinho, filho único de sua mãe, em cuja perna atirei há onze anos, volto imediatamente a desafiá-lo para um duelo e mando-o de novo à perna de pau. Mas não serão cartuchos sem carga, e para que eles servem? E por que rememorar quando não consigo me livrar de mim mesmo de forma decente?"

E, embora não se tenha repetido o fato com a mulher do professor, embora não tenha mandado ninguém à perna de pau, a mera ideia de que aquilo haveria impreterivelmente de se repetir, caso as circunstâncias se produzissem, quase o matava... às vezes. De fato, nem sempre se padece com as lembranças; é possível descansar e passear nos entreatos.

Assim fez Veltchanínov: estava pronto para passear nos entreatos; mas, mesmo assim, quanto mais ficava em São Petersburgo, mais desagradável se tornava sua vida ali. Julho já se aproximava. Ocorria-lhe às vezes a decisão de largar tudo, incluindo o litígio, e partir para algum lugar, sem olhar para trás, de forma repentina, desesperada, por exemplo, para a Crimeia. Mas uma hora depois, habitualmente, já desprezava sua ideia e ria dela: "Esses pensamentos nojentos não vão se interromper no Sul, já que começaram, e se eu sou de alguma forma um homem decente, quer dizer que não devo fugir deles, nem tenho motivo".

"E para que fugir?", continuava a filosofar, por amargor. "Aqui é tão poeirento, tão abafado, nessa casa tudo está tão sujo, nas repartições pelas quais eu vagueio, em meio a essa gente de negócios, há tamanha azáfama de ratos, tamanhas preocupações sórdidas, em todo esse povo que ficou na cidade, em todos esses rostos que faíscam de manhã à noite está manifestado, de forma tão ingênua e franca, todo o seu egoísmo, todo o seu descaramento simplório, toda a covardia de suas almas pequenas, todo o caráter de galinha de seus coraçõezinhos que, de verdade, aqui é o paraíso do hipocondríaco, para falar da maneira mais séria! Tudo é franco, tudo é claro, ninguém considera sequer necessário disfarçar, como nossas fidalgas nas dachas ou nas estações de águas do exterior, ou seja, tudo é muito mais digno do mais completo respeito, apenas por causa da franqueza e da simplicidade... Não vou a lugar nenhum! Arrebento aqui, mas não vou a lugar nenhum!..."

O SENHOR DE CREPE NO CHAPÉU

Era 3 de julho. O calor estava sufocante, quase insuportável. O dia de Veltchanínov revelara-se muito atarefado: tivera que se deslocar a pé e de carro a manhã inteira e estava em perspectiva a necessidade impreterível de visitar, naquela mesma tarde, um senhor necessário, homem de negócios e conselheiro de Estado, e surpreendê-lo inesperadamente em sua dacha, em algum lugar do riacho Tchórnaia. Às cinco horas, Veltchanínov finalmente entrou em um restaurante (bastante duvidoso, mas francês) na Avenida Névski, junto à Ponte Politséiski[2], sentou-se na sua mesinha de canto de costume e pediu a refeição do dia.

Comia a refeição do dia por um rublo e pagava o vinho à parte, o que considerava um sacrifício que suportava de forma sensata em razão da desordem de sua situação. Surpreso de que fosse possível comer

---

2   Literalmente, da Polícia. Ponte sobre o Rio Moika, rebatizada Naródni (do Povo) durante o período soviético e chamada de Zelióni (Verde) desde 1998. (N. T.)

tamanha porcaria, aniquilava tudo, porém, até a última migalha – e toda vez com um apetite tal, como se não comesse há três dias. "Isso é doentio", murmurava para si mesmo, às vezes, ao reparar em seu apetite. Mas, dessa vez, sentou-se à sua mesinha no pior dos humores, jogou o chapéu de qualquer jeito, irado, apoiou os cotovelos na mesa e ficou pensativo. Agora, se o vizinho, que comia a seu lado, fizesse algum barulho ou o menino que o servia não entendesse sua primeira palavra, ele, que sabia ser tão polido e, quando necessário, altaneiramente impassível, com certeza ralharia como um cadete e, talvez, criaria um caso.

Serviram-lhe a sopa, ele pegou a colher, mas, de repente, sem levá-la à boca, jogou-a na mesa e por pouco não deu um pulo da cadeira. Uma ideia inesperada de repente ocorreu-lhe: nesse instante – e Deus sabe por que processo –, de repente compreendeu plenamente o motivo de sua angústia, da angústia especial e isolada que o atormentava sempre nos últimos tempos, por dias seguidos, que Deus sabia como grudara e Deus sabia por que não queria soltar de jeito nenhum; agora discernia e entendia tudo de imediato, como os cinco dedos de sua mão.

– É tudo por causa deste chapéu! – balbuciou, como que inspirado. – Ele, sozinho, apenas este maldito chapéu redondo, com esse abominável crepe de luto, é a causa de *tudo*!

Começou a pensar e, quanto mais refletia, mais sombrio e espantoso parecia, a seus olhos, "todo o evento".

"Mas... mas que evento há aqui, contudo?" – quis protestar, sem confiar em si mesmo. – "Existe aqui algo parecido com um evento?"

Toda a questão consistia no seguinte: há quase duas semanas (na verdade, não se lembrava, mas parecia ser há duas semanas), encontrara pela primeira vez, na rua, na esquina da Podiátcheskaia com a Meschánskaia[3], um senhor de crepe no chapéu. Era um senhor

---

3   Essas ruas não se cruzam. Porém, o fim da Rua Bolcháia Mechánskaia (durante a URSS, Rua Plekhánov; hoje, Rua Kazánskaia) e o começo da Bolcháia Podiátcheskaia estão separados apenas pelo antigo Canal de Catarina (atualmente Canal Griboiêdov). (N. T.)

como todos, sem nada de especial, e passou rápido, mas olhou para Veltchanínov de forma muito fixa e, por algum motivo, imediatamente lhe atraiu a atenção de forma extraordinária. Ao menos sua fisionomia pareceu conhecida a Veltchanínov. Pelo visto, encontrara-a em alguma época, em algum lugar. "Aliás, devo ter encontrado umas mil fisionomias na vida, não dá para lembrar de todas!" Ao dar vinte passos, já parecia ter se esquecido do encontro, apesar de toda a primeira impressão. E a impressão, contudo, permaneceu pelo dia inteiro, e de forma muito original: como uma raiva sem motivo, peculiar. Agora, duas semanas depois, recordava aquilo tudo com clareza; recordava também que não entendera em absoluto, então, de onde viera aquela raiva – não entendera a ponto de que sequer uma vez aproximou e confrontou seu péssimo humor de toda aquela tarde com o encontro da manhã. Todavia, o próprio senhor se apressou em se fazer lembrado e, no dia seguinte, voltou a se deparar com Veltchanínov na Avenida Névski e voltou a fitá-lo de modo estranho. Veltchanínov cuspiu, mas, ao fazê-lo, surpreendeu-se imediatamente com isso. Verdade que há fisionomias que despertam de imediato uma repulsa sem motivo nem sentido. "Sim, de fato encontrei-o em algum lugar", murmurou, pensativo, meia hora depois do encontro. Depois, voltou a passar a tarde inteira de humor péssimo; chegou a ter um sonho ruim à noite, e nem assim passou-lhe pela cabeça que todo o motivo daquela nova e peculiar melancolia era apenas o recente senhor de luto, embora o tivesse recordado mais de uma vez naquela tarde. Chegou a irritar-se de passagem por "aquele lixo" ousar se fazer lembrar por tanto tempo; atribuir-lhe todo o seu nervosismo ele com certeza consideraria até humilhante caso essa ideia lhe passasse pela cabeça. Dois dias depois, voltaram a se encontrar, na multidão, à saída de um dos navios a vapor do Rio Nevá. Dessa vez, a terceira, Veltchanínov estava pronto para jurar que o cavalheiro de chapéu de luto o reconhecera e se lançara em sua direção, levado e comprimido pela multidão; aparentemente, até "ousara" estender-lhe a mão; pode ser que até tenha gritado e chamado seu nome. Este último, aliás, Veltchanínov não ouviu com clareza, mas... "quem é, contudo, esse canalha e por que não se aproxima de mim se de fato me reconhece e tem tanta vontade de se aproximar?", pensou, com raiva, sentado em um coche de aluguel e dirigindo-se ao mosteiro Smólny. Meia hora depois, já estava discutindo e fazendo alvoroço com seu advogado, porém, à tarde e à noite, estava de novo na angústia mais detestável, fantástica. "Não será um derrame de bílis?", perguntou-se, cismado, olhando no espelho.

Esse foi o terceiro encontro. Depois, por cinco dias seguidos, decididamente não encontrou "ninguém", e do "canalha", nem notícia. Mas, enquanto isso, vez por outra, recordava-se do senhor de crepe no chapéu. Com algum espanto, Veltchanínov pegou-se pensando o seguinte: "Estou com saudades dele ou o quê? Hum!... Ele também deve ter muitos negócios em Petersburgo. Mas para que está de crepe? Evidentemente me reconheceu, mas eu não o reconheço. E por que essas pessoas usam crepe? De alguma forma, não lhes cai bem... Tenho a impressão de que, se examiná-lo mais de perto, vou reconhecê-lo..."

E algo pareceu se mover em suas lembranças, como uma palavra conhecida e, de repente, esquecida por algum motivo, a qual você tenta recordar com todas as forças: conhece-a muito bem, sabe exatamente o que ela significa, anda ao seu redor, mas a palavra não quer ser recordada de jeito nenhum, por mais que você lute!

"Isso foi... Isso foi há tempos... e foi em algum lugar... Foi lá... foi lá... Ora, que o diabo carregue tudo, o que foi e o que não foi!...", gritou, de repente, com raiva. "E vale a pena me estropiar e me humilhar tanto por causa desse canalha?.."

Ficou terrivelmente irritado; mas, à noite, ao se recordar, de repente, de que há pouco irritara-se, e "terrivelmente", sentiu um desagrado extraordinário: era como se alguém o tivesse apanhado em alguma falta. Embaraçou-se e espantou-se:

"Ou seja, deve haver motivo para eu me zangar tanto... sem mais nem menos... apenas com uma lembrança...", não concluiu seu pensamento.

No dia seguinte, irritou-se ainda mais, porém, dessa vez, teve a impressão de que havia motivo e de que estava absolutamente certo; "foi um atrevimento inaudito". A questão é que ocorreu um quarto encontro. O senhor de crepe voltou a aparecer, como se emergisse de dentro da terra. Veltchanínov acabara de perceber, na rua, o mesmo conselheiro de Estado, a pessoa necessária que agora caçava, para apanhá-lo mesmo que na dacha, inadvertidamente, pois aquele funcionário, que Veltchanínov mal conhecia, era fundamental para os seus negócios, mas, como agora, não se entregava e, visivelmente, escondia-se, não desejando, por sua parte, com todas as forças, encontrar-se com Veltchanínov. Alegre por, finalmente, ter se deparado com ele, Veltchanínov caminhava ao seu lado, apressado, fitando-o nos olhos e empregando todas as forças para levar a raposa velha para o único tema, para a única conversa na qual aquele, talvez, deixasse escapar e soltasse a palavrinha incógnita que ele há tanto esperava; no entanto, a raposa velha também tinha jogo de cintura, sorria e se esquivava – e eis que, justamente nesse instante extraordinariamente afanoso, o olhar de Veltchanínov, de repente, distinguiu, na calçada oposta da rua, o senhor de crepe no chapéu. Estava parado, olhando fixamente para os dois; seguia-os – isso era evidente – e, aparentemente, estava até rindo.

"O diabo que o carregue!", enfureceu-se Veltchanínov, depois de se despedir do funcionário e atribuindo todo o seu fracasso com ele à aparição repentina daquele "descarado". "O diabo que o carregue, ora, está me espionando! Pelo visto, está me perseguindo! Ora, foi contratado por alguém, e... e... e, meu Deus, estava rindo! Eu, meu Deus, vou lhe dar uma surra... Só é uma pena eu andar sem bengala! Eu compro uma bengala! Não vou deixar assim! Quem ele é? Quero saber sem falta, quem ele é?"

Por fim, exatamente três dias após esse encontro (o quarto), surpreendemos Veltchanínov em seu restaurante, como descrevemos, já completa e seriamente alvoroçado, até desnorteado. Nem ele tinha como não reconhecer isso. Enfim, foi constrangido a admitir, comparando todas as circunstâncias, que toda a sua melancolia, toda aquela angústia *peculiar* e todas essas agitações espirituais não tinham outro motivo que não aquele cavalheiro de luto, "apesar de toda a sua insignificância".

"Que eu seja um hipocondríaco", pensou Veltchanínov, "ou seja, esteja pronto para fazer tempestade em copo d'água, porém alivia para mim que tudo isso, *talvez*, seja apenas fantasia? Afinal, se cada velhaco desses estiver em condições de transtornar completamente uma pessoa, então isso... então isso..."

De fato, no encontro daquele dia (o quinto), que tanto alvoroçara Veltchanínov, a tempestade quase parecera uma gota d'água: aquele senhor, como antes, passara a seu lado, porém desta vez já sem escrutinar Veltchanínov e sem demonstrar, como antes, que o reconhecia – mas, pelo contrário, baixando os olhos e, aparentemente, desejando muito que o outro não o notasse. Veltchanínov virou-se e gritou-lhe, a plena voz:

– Ei, o senhor! De crepe no chapéu! Agora está se escondendo! Espere: quem é o senhor?

A pergunta (e o grito) foram muito ineptos. Mas Veltchanínov só o percebeu após gritar. A este grito, o senhor virou-se, deteve-se por um minuto, desconcertou-se, sorriu, quis dizer algo, fazer algo, visivelmente ficou por um minuto na mais terrível indecisão e, de repente, deu as costas e saiu correndo, sem se virar. Veltchanínov olhou em sua direção, com espanto.

"Mas e se", pensou, "de fato, não for ele quem estiver me importunando, mas, ao contrário, eu a ele, e tudo consistir nisso?"

Após jantar, rapidamente, dirigiu-se à dacha do funcionário. Não o encontrou; responderam que "desde a manhã não regressara e dificilmente retornaria antes das duas ou três da manhã, pois ficara na cidade, em uma festa de dia de santo[4]". Aquilo já era tão "ofensivo" que Veltchanínov, em sua fúria inicial, resolveu ir à festa e chegou mesmo a se dirigir para lá; porém, no caminho, considerando que estava indo longe demais, liberou o cocheiro e arrastou-se a pé para sua casa, perto do Teatro Bolchói. Sentia necessidade de exercício. Para acalmar os nervos alvoroçados, era preciso dormir bem à noite a qualquer custo, apesar da insônia; e, para adormecer, era preciso pelo menos ficar cansado. Desta forma, chegou à sua casa já às dez e meia, pois o caminho era bem longo, e, de fato, estava muito cansado.

O apartamento que alugara em março, que ele tão maldosamente depreciava e xingava, desculpando-se perante si ao dizer que "tudo isso é passageiro" e que "se atolara" em São Petersburgo sem querer, por causa desse "maldito litígio", não era de jeito nenhum tão ruim e indecente como ele o chamava. A entrada era, de fato, escura e "imunda", junto ao portão; mas o apartamento em si, no primeiro andar, consistia em dois aposentos grandes, iluminados e altos, separados um do outro por uma antessala escura, de modo que um dava para a rua, o outro para o pátio. Aquele cujas janelas davam para o pátio ficava junto a um pequeno gabinete, que se destinava a servir de dormitório; porém, Veltchanínov despejou ali livros e papéis, em desordem; dormia em um dos aposentos grandes, cujas portas davam para a rua. Instalaram-no em um sofá. Sua mobília era decente, ainda que usada, e encontravam-se, além disso, algumas coisas até caras, restos da antiga abastança: brinquedos de louça e de bronze, tapetes de Bucara, grandes e autênticos; sobraram até dois quadros, nada maus. No entanto, tudo estava em uma desordem patente, fora do lugar, e até empoeirado, desde que a criada que o servia, Pelagueia, fora passar uns dias com os pais, em Nóvgorod, e o deixara a sós. Esse fato estranho de uma única criada, uma moça, servir um homem solteiro e de sociedade, que continuava

---
4   Na Rússia, festejada como o aniversário. (N. T.)

querendo ser um *gentleman*, fazia Veltchanínov quase corar, embora Pelagueia ficasse muito satisfeita com isso. A moça empregara-se com ele no instante em que o apartamento fora alugado, na primavera, vinda de uma casa de família de um conhecido, que fora para o exterior, e instaurara a ordem ali. Porém, com sua partida, ele não se decidiu a contratar outra criada do sexo feminino; não valia a pena pegar um lacaio, e ele não gostava de lacaios. Arranjaram-se de forma que toda manhã viesse arrumar os quartos Mavra, a irmã da zeladora, para a qual deixava a chave, ao sair para o pátio, e que não fazia absolutamente nada, pegava o dinheiro e, aparentemente, roubava. Mas já dera de ombros e estava até satisfeito por agora ficar completamente sozinho. Contudo, só em certa medida – seus nervos decididamente não concordavam às vezes, nos instantes biliosos, a suportar toda aquela "imundície", e, regressando para casa, quase toda vez entrava em seu quarto com repugnância.

Mas, dessa vez, mal deu tempo de se despir, jogou-se no leito e resolveu, irritado, não pensar em nada e dormir "naquele mesmo minuto", custasse o que custasse. E, estranhamente, adormeceu de repente, assim que a cabeça tocou o travesseiro; isso não lhe ocorria há quase um mês.

Dormiu cerca de três horas, mas um sono inquieto; teve sonhos estranhos, como os que se tem em febre. O tema era um crime que ele aparentemente cometera e ocultara e do qual o acusavam, a uma só voz, pessoas que vinham incessantemente em sua direção, de algum lugar. Reuniu-se uma multidão terrível, e não parava de entrar gente, de modo que a porta não fechava e continuava aberta. Mas todo o interesse, por fim, concentrou-se em um homem estranho, que outrora lhe fora muito próximo e conhecido, já estava morto, no entanto agora, por algum motivo, de repente também fora até ele. O mais aflitivo era que Veltchanínov não sabia quem era aquele homem, esquecera seu nome e não conseguia se lembrar de jeito nenhum; só sabia que outrora gostara muito dele. Era como se todas as outras pessoas que entraram esperassem daquele homem a palavra mais importante, a condenação ou a absolvição de Veltchanínov, e estavam todas impacientes. Mas ele se sentou imóvel, à mesa, calou-se e não queria falar. O barulho não sossegava, a irritação aumentava, e, de repente, Veltchanínov, em fúria, golpeou aquele homem por não querer falar, sentindo um estranho prazer nisso. Seu coração paralisou-se de pavor e de sofrimento por sua conduta, no entanto essa paralisação também continha prazer. Absolutamente frenético, golpeou uma segunda e uma terceira vez, e, em uma embriaguez de fúria e de medo, que chegou à demência e que também continha um prazer infinito, não contava mais os golpes, mas batia sem parar. Queria destruir tudo, tudo *aquilo*. De repente, sucedeu algo: todos gritaram terrivelmente e voltaram-se, em expectativa, para a porta, e, nesse momento, a sineta soou três vezes, mas com tamanha força que era como se quisessem arrancá-la da porta. Veltchanínov acordou, recobrou os sentidos em um instante, pulou da cama a toda pressa e precipitou-se para a porta; estava plenamente convicto de que o toque da sineta não era um sonho e de que alguém realmente estava tocando naquele minuto. "Seria artificial demais se um som tão claro, real e palpável me aparecesse apenas em sonho!"

Todavia, para seu espanto, revelou-se que o toque da sineta também fora um sonho. Abriu a porta e saiu para o saguão, deu uma olhada até para a escada – não havia decididamente ninguém. A sineta permanecia imóvel. Admirado, mas contente, voltou para o quarto. Ao acender a vela, lembrou-se de que a porta ficara apenas encostada, não trancada a chave e ferrolho. Mesmo antes, ao voltar para casa, esquecia-se com frequência de trancar a porta à noite, não conferindo ao caso importância especial. Pelagueia pronunciara-se a esse respeito algumas vezes. Retornou à antessala para trancar a porta, abriu-a de novo, olhou para o saguão e só colocou o ferrolho, mesmo assim ficou com preguiça de virar a chave da porta. O relógio bateu duas e meia; ou seja, dormira três horas.

O sonho deixara-o tão alvoroçado que não tinha vontade de se deitar novamente naquele instante e decidiu caminhar uma meia hora pelo quarto, "tempo de fumar um charuto". Vestindo-se às pressas, foi até a janela, ergueu a cortina grossa de damasco e, atrás dela, a corrediça branca. Na rua, já clareava completamente. As noites claras de verão de São Petersburgo sempre lhe produziam uma irritação nervosa e, nos últimos tempos, só contribuíam para sua insônia, de forma que, há duas semanas, colocara de propósito em suas janelas aquelas cortinas grossas de damasco, que não deixavam passar a luz, quando estavam totalmente fechadas. Deixando entrar a luz e esquecendo na mesa a vela acesa, pôs-se a perambular para a frente e para trás, ainda retendo um sentimento pesado e doentio. As impressões do sono ainda agiam. O sofrimento sério por ter podido erguer a mão para aquele homem e bater nele continuava.

– Mas, afinal, se esse homem não existe e nunca existiu, e é tudo sonho, por que lamento?

Com exasperação, como se todas as suas preocupações convergissem para lá, começou a pensar que decididamente ficara doente, "um homem doente".

Sempre lhe fora duro reconhecer que envelhecia, ou declinava, e nos momentos ruins, com raiva, exagerava uma e outra coisa, de propósito, para provocar a si mesmo.

– Velhice! Envelheci de vez – murmurava, perambulando –, estou perdendo a memória, vendo fantasmas, ouvindo sinetas... O diabo que me carregue! Sei por experiência que, em mim, sonhos assim sempre significam febre... Estou seguro de que mesmo toda essa "história" com o crepe também pode ser sonho. Decididamente, o que pensei ontem estava certo: sou eu, eu que o estou importunando, e não ele a mim! Fiz dele um poema e me enfiei debaixo da mesa, de medo. E por que o chamo de canalha? Pode ser um homem muito decente. Verdade que o rosto é desagradável, embora nada tenha de especialmente feio; veste-se como todos. Só o olhar é meio... De novo estou nisso! De novo penso nele. E que diabo tenho a ver com o olhar dele? Será que não posso viver sem esse... patife?

Entre outras ideias que lhe pululavam na cabeça, uma o tocava em um ponto sensível: de repente, parecia convicto de que aquele senhor de crepe fora outrora seu amigo e agora, ao encontrá-lo, ria-se dele por conhecer algum grande segredo de seu passado e vê-lo, agora, em situação tão humilhante. Foi maquinalmente à janela, para abri-la e aspirar o ar da noite, e... e, de repente, estremeceu todo: teve a impressão de que, diante de si, repentinamente ocorreu algo inaudito e extraordinário.

Não abrira ainda as janelas, logo deslizou para o canto da quina e se escondeu: na calçada deserta da frente, avistara de repente, bem em frente à casa, o senhor de crepe no chapéu. O senhor estava parado na calçada, de cara para a janela, mas, pelo visto, não reparara nele, e contemplava a casa com curiosidade, como se conjecturasse algo. Aparentemente, sopesava algo e tomava alguma decisão; ergueu o braço e parecia colocar o dedo na testa. Por fim, decidiu-se: deu uma vista de olhos ao redor e, na ponta dos pés, pôs-se a percorrer a rua apressadamente. Foi isso: passou pelo portão, pela cancela (que, no verão, às vezes fica até as três horas sem ser fechada com tranca). "Está vindo à minha casa", passou rápido pela mente de Veltchanínov e, de repente, a toda pressa, e igualmente nas pontas dos pés, percorreu a antessala até a porta e parou ali, petrificado, na expectativa, mal colocando a mão direita, trêmula, no ferrolho da porta que trancara há pouco e auscultando com todas as forças o farfalhar dos passos aguardados na escada.

Seu coração palpitava tanto que ele tinha medo de não ouvir quando o desconhecido, que vinha na ponta dos pés, entrasse. Não entendia os fatos, mas sentia tudo com amplitude decuplicada. Como se o sonho recente se fundisse com a realidade. Veltchanínov era ousado por natureza. Gostava às vezes de levar sua intrepidez, à espera de um perigo, até a gabolice – mesmo se ninguém estivesse olhando para ele, só para contemplar a si mesmo. Contudo, agora, era diferente. O recente hipocondríaco e choramingas cismado transfigurara-se por completo; era um homem completamente diferente. Um riso nervoso, silencioso prorrompeu-lhe no peito. Detrás da porta fechada, adivinhava cada movimento do desconhecido.

"Ah! Ele está subindo, subiu, olha ao redor, ausculta o que está embaixo da escada; mal respira, vem de mansinho... ah! Pega na maçaneta, puxa, tenta! Achou que não estava trancada! Quer dizer, sabia que às vezes me esqueço de trancar! Volta a puxar a maçaneta; o que está achando, que o ferrolho vai saltar? Que pena ter que se separar! Está com pena de partir em vão?"

E, de fato, tudo com certeza devia estar acontecendo como ele imaginava: alguém de fato estava do outro lado da porta e, em silêncio, sem ruído, experimentava a tranca e puxava a maçaneta, e "obviamente tinha um objetivo". Mas Veltchanínov já tinha pronta a solução do problema, e com algum êxtase aguardava o momento, media e preparava-se: tinha uma vontade irresistível de, de repente, tirar o ferrolho, de repente escancarar a porta e ver-se face a face com o "bicho-papão". Dizer: "E o que está fazendo aqui, prezado senhor?"

E assim foi; aproveitando o momento, de repente tirou o ferrolho, empurrou a porta e quase trombou com o senhor de crepe no chapéu.

PÁVEL PÁVLOVITCH TRUSSÓTSKI

O senhor de crepe no chapéu ficou como que petrificado. Ambos pararam um na frente do outro, na soleira, e ambos fitaram um ao outro nos olhos. Assim passaram alguns instantes e, de repente, Veltchanínov reconheceu seu visitante!

Nessa hora, o visitante também, pelo visto, adivinhou que Veltchanínov o reconheceu completamente: isso reluzia em seu olhar. Por um momento, todo o seu rosto parecia derreter em um dulcíssimo sorriso.

– Eu, provavelmente, tenho a satisfação de falar com Aleksei Ivánovitch? – disse, quase cantarolando, com voz meiguíssima e, pela comicidade, inadequada às circunstâncias.

– E o senhor não seria Pável Pávlovitch Trussótski? – proferiu, por fim, Veltchanínov, com ar perplexo.

– Conhecemo-nos há nove anos, em T*, e, caso apenas me permita recordar, fomos amigos.

– Sim, senhor... suponhamos... mas agora são três horas, e o senhor ficou dez minutos testando se minha porta estava trancada ou não...

– Três horas! – gritou o visitante, sacando o relógio e chegando a se espantar de forma pesarosa. – Isso mesmo: três! Desculpe-me, Aleksei Ivánovitch, eu deveria ter compreendido, ao entrar; estou até envergonhado. Passo aqui dentro de alguns dias e explico, e agora...

– Ora, não! Já que vai se explicar, melhor que seja neste minuto! – atinou Veltchanínov. – Tenha a bondade de vir para cá da soleira; para o quarto, senhor. Afinal, é claro que o senhor tencionava entrar no quarto e não apareceu à noite só para experimentar a fechadura...

Estava alvoroçado e, ao mesmo tempo, como que pasmado e sentia que não conseguia raciocinar. Ficou até envergonhado: nem mistério, nem perigo, nada de toda aquela fantasmagoria apareceu; surgiu apenas a figura estúpida de um Pável Pávlovitch. Aliás, não acreditou absolutamente que aquilo fosse tão simples; tinha um pressentimento vago e temeroso. Após acomodar o visitante na poltrona, sentou-se, impaciente, em sua cama, a um passo dele, inclinou-se de leve, apoiou as mãos nos joelhos e esperou, irritado, o outro falar. Escrutava-o avidamente e recordava-se. Mas que estranho: o outro se calava, aparentemente sem entender em absoluto que estava "obrigado" a falar sem demora; ao contrário, fitava o anfitrião com um olhar que parecia esperar algo. Pode ser que estivesse simplesmente acanhado, sentindo um desconforto inicial, como um rato na ratoeira; mas Veltchanínov encolerizou-se.

– Qual é a sua? – gritou. – Afinal, acho que o senhor não é uma fantasia nem sonho! Que foi, quer brincar de morto? Explique-se, meu pai!

O visitante remexeu-se, sorriu e começou, cuidadoso:

– Até onde posso ver, o senhor, antes de tudo, está até surpreso por eu ter vindo em uma hora dessas, e em circunstâncias tão peculiares... De modo que, lembrando-me de tudo que passou e de como nos separamos, senhor, até agora acho estranho, senhor... Aliás, eu nem tencionava entrar, senhor, e, se deu nisso, foi sem querer, senhor...

— Como sem querer? Se eu o vi pela janela, correndo pela rua na ponta dos pés!

— Ah, o senhor viu! Então agora talvez o senhor saiba mais disso tudo do que eu! Mas estou apenas irritando-o... Bem, é o seguinte: cheguei aqui há três semanas, a negócios... Afinal, sou Pável Pávlovitch Trussótski, o senhor mesmo me reconheceu. Meu negócio é que estou solicitando minha transferência para outra província e para outro serviço, em um posto com uma promoção significativa... Mas, aliás, também não é nada disso! O principal, se quiser saber, é que já estou vagando por aqui há três semanas e parece que eu mesmo estou arrastando meu negócio, de propósito, ou seja, essa promoção, senhor, e, na verdade, mesmo que ela saia, é capaz que eu mesmo me esqueça de que saiu, senhor, e não parta dessa sua Petersburgo, no meu estado de espírito. Vago como se tivesse perdido meu objetivo e como se estivesse até contente por tê-lo perdido no meu estado de espírito, senhor...

— Que estado de espírito é esse? — Veltchanínov franziu o cenho.

O visitante ergueu os olhos para ele, ergueu o chapéu e, já com dignidade firme, apontou para o crepe.

— Sim, senhor, este é meu estado de espírito!

Veltchanínov fitava atoleimado ora o crepe, ora o rosto do visitante. De repente, o rubor inundou-lhe instantaneamente o rosto, e ele ficou terrivelmente agitado.

— Seria Natália Vassílievna?

— Ela, senhor! Natália Vassílievna! Em março deste ano... A tísica, senhor, e quase de repente, em uns dois, três meses! E eu fiquei como está vendo!

Ao proferir isso, o visitante, bastante sentido, abriu os braços, segurando na mão esquerda o chapéu com o crepe, e inclinou profundamente a cabeça calva por pelo menos dez segundos.

Esse aspecto e esse gesto de repente pareceram reanimar Veltchanínov; um sorriso zombeteiro, até implicante, deslizou por seus lábios por alguns instantes. Foi um breve instante. A notícia da morte daquela dama (que conhecera havia tanto tempo, e outro tanto tempo já conseguira esquecer) produzia-lhe agora uma impressão de espanto inesperado.

– Será possível? – murmurou as primeiras palavras que lhe vieram à boca. – Mas por que o senhor não veio direto me informar?

– Agradeço-lhe pela simpatia. Vejo-a e aprecio-a, apesar...

– Apesar?

– Apesar de tantos anos de separação, o senhor trata agora meu pesar, e até a mim, com simpatia tão absoluta que eu, obviamente, sinto gratidão. Só queria declarar isso, senhor. Não duvide de meus amigos, aqui, mesmo agora, posso encontrar os amigos mais francos, senhor (tomemos apenas Stepan Mikháilovitch Bagaútov), mas nosso conhecimento, Aleksei Ivánovitch (talvez amizade, pois recordo-a com agradecimento), foi há nove anos, e o senhor nunca voltou, nem houve cartas de ambas as partes...

O visitante cantava, como se seguisse uma partitura, mas o tempo todo de sua explicação olhava para o chão, embora, naturalmente, visse tudo que estava acima. Mas o anfitrião já conseguira raciocinar um pouco.

Com uma impressão de muita estranheza, que ficava cada vez mais forte, ouvia e olhava para Pável Pávlovitch e, de repente, quando este parou, os pensamentos mais variegados inesperadamente afluíram-lhe à cabeça.

– Mas como não o reconheci até agora? – gritou, animando-se. – Afinal, trombamos na rua cinco vezes!

– Sim, lembro-me, o senhor sempre aparecia na minha frente. Umas duas, talvez até três vezes...

– Ou seja, o *senhor* é que *sempre* aparecia na minha frente, e não eu na sua!

Veltchanínov levantou-se e, de repente, deu uma risada alta e completamente inesperada. Pável Pávlovitch deteve-se, olhou com atenção, mas prosseguiu de imediato:

– Quanto a não ter me reconhecido, em primeiro lugar, o senhor pode ter me esquecido e, por fim, nesse período, tive até varíola, que me deixou algumas marcas no rosto.

– Varíola? Mas veja que ele teve mesmo varíola! Mas como foi que isso...

– Acometeu-me? Isso não acontece pouco, Aleksei Ivánovitch; nem percebe, e é acometido!

– Só que, mesmo assim, é terrivelmente engraçado. Bem, continue, continue, querido amigo!

– Também encontrei o senhor...

– Espere! Por que agora o senhor disse "acometeu"? Queria me exprimir de uma maneira muito mais polida. Mas continue, continue!

Por algum motivo, ficava cada vez mais alegre. A impressão de espanto fora substituída por outra, completamente diferente.

Caminhava para a frente e para trás, no quarto, a passos rápidos.

– Embora também tenha encontrado o senhor e até, ao me dirigir para cá, para Petersburgo, tencionasse procurá-lo sem falta, repito, agora me encontro em tal estado de espírito... e estou tão destruído mentalmente desde março...

– Ah, sim! Destruído desde março... Espere, o senhor não fuma?

– Bem, o senhor sabe, no tempo de Natália Vassílievna...

– Pois bem, pois bem; mas depois de março?

– Talvez uma *papirossa*[5].

– Tome a *papirossa;* acenda e continue! Continue, o senhor me deixa terrivelmente...

E, após acender um charuto, Veltchanínov rapidamente voltou a se sentar na cama. Pável Pávlovith deteve-se.

– Contudo, que agitação a sua, o senhor está bem de saúde?

– Ah, para o diabo com a minha saúde! – enraiveceu-se, de repente, Veltchanínov. – Continue!

---

5   Cigarro de boquilha de cartão. (N. T.)

De sua parte, o visitante, apesar da agitação do anfitrião, ficava cada vez mais satisfeito e autoconfiante.

– Mas para que continuar, senhor? – recomeçou novamente. – Imagine, Aleksei Ivánovitch, em primeiro lugar, um homem arrasado, ou seja, não arrasado de forma simples, mas, por assim dizer, de forma radical; um homem, após vinte anos de matrimônio, cuja vida mudou e que vaga por ruas empoeiradas sem objetivo correspondente, como na estepe, quase esquecido de si e que, nesse esquecimento, encontra até algum enlevo. Naturalmente, depois de encontrar uma vez um conhecido, ou até um amigo verdadeiro, evito-o de propósito, para não me aproximar dele nesse momento, ou seja, de esquecimento de mim. E, em outro momento, você se recorda de tudo e está ávido para ver uma testemunha e cúmplice que seja desse passado recente, porém irreversível, e então o coração bate de um jeito que não apenas de dia, mas também à noite você se arrisca a atirar-se no abraço do amigo, nem que seja necessário acordá-lo às três da manhã, senhor. Só me enganei de hora, mas não de amizade; pois nesse instante sinto-me bastante gratificado, senhor. No que se refere ao horário, verdade que achei que eram apenas doze, devido ao meu estado de espírito. Você bebe a própria tristeza, e é como se se embebedasse com ela. E nem é tristeza, mas essa nova condição que bate dentro de mim...

– Contudo, como o senhor se exprime! – notou, meio sombrio, Veltchanínov, que de repente voltara a se fazer terrivelmente sério.

– Sim, senhor, exprimo-me de forma estranha...

– O senhor... não está brincando?

– Brincando! – exclamou Pável Pávlovitch, com surpresa ultrajada. – No instante em que anuncio...

– Ah, cale-se a esse respeito, peço-lhe!

Veltchanínov se levantou e voltou a caminhar pelo quarto.

Assim passaram cinco minutos. O visitante também quis se levantar, mas Veltchanínov gritou "Sente-se, sente-se!", e o outro de imediato se largou na poltrona, obediente.

– Contudo, como o senhor mudou! – voltou a falar Veltchanínov, parando de repente na frente dele, como se estivesse subitamente surpreso com essa ideia. – Mudou terrivelmente! Extraordinariamente! É completamente outra pessoa!

– Não é de se espantar, senhor; são nove anos.

– Não, não, não, não é questão de idade! Deus é que sabe se a sua aparência mudou; o senhor mudou outra coisa!

– Também pode ser que sejam os nove anos, senhor.

– Ou desde março!

– He, he – Pável Pávlovitch deu um sorriso malicioso –, o senhor faz uma ideia gaiata... Mas, se me permite, em que exatamente consiste a mudança?

– Como em quê? Antes era um Pável Pávlovitch muito sólido e decente, um Pável Pávlovitch muito sensato, e agora Pável Pávlovitch é um completo *vaurien*[6]!

Estava naquele grau de irritação no qual as pessoas mais contidas começam às vezes a falar demais.

– *Vaurien*! O senhor acha? E não sou mais sensato? Não sou sensato? – riu, com prazer, Pável Pávlovitch.

– Que diabo de sensato! Agora, talvez, seja absolutamente *inteligente*.

"Sou insolente, mas esse canalha é ainda mais insolente! E... e qual é o seu objetivo?", pensava Veltchanínov o tempo todo.

– Ah, caríssimo, ah, inestimável Aleksei Ivánovitch! – o visitante de repente ficou extraordinariamente agitado e virou-se na poltrona. – Afinal, que nos importa? Pois agora não estamos em sociedade, não estamos no brilho da alta sociedade! Somos dois velhos amigos, franquíssimos e antiquíssimos e, por assim dizer, na mais plena franqueza, unimo-nos e recordamos mutuamente a ligação preciosa, na qual a falecida constituía o elo tão querido da nossa amizade!

---

6 Patife. Em francês no original. (N. T.)

E parecia tão arrebatado pelo êxtase de seus sentimentos que voltou a inclinar a cabeça, como antes, cobrindo agora o rosto com o chapéu. Veltchanínov fitava com repulsa e preocupação.

"E então, se estiver simplesmente brincando?", passou-lhe pela cabeça. "Mas n-não, n-não! Parece que não está bêbado, aliás talvez esteja bêbado; a cara está vermelha. Mas, ainda que esteja bêbado, vai dar na mesma. Aonde ele quer chegar? O que deseja esse canalha?"

– Lembra-se, lembra-se – gritava Pável Pávlovitch, removendo o chapéu aos poucos e parecendo arrastado com cada vez mais força pelas lembranças –, lembra-se de nossas excursões fora da cidade, nossos serões e noitadas de dança e brincadeiras ingênuas na casa de Sua Excelência, o mui hospitaleiro Semion Semiónovitch? E de nossas leituras noturnas a três? E de nosso primeiro encontro, quando o senhor entrou na minha casa de manhã, para se informar de seus negócios, começando até a gritar, e de repente saiu Natália Vassílievna, e, em dez minutos, o senhor já era nosso amigo mais franco da casa, por um ano inteiro, tintim por tintim como em *A Provinciana,* peça do senhor Turguêniev...

Veltchanínov passeava devagar, olhava para o chão, ouvia com impaciência e repulsa, mas ouvia muito bem.

– *A Provinciana* nunca me passou pela cabeça – interrompeu, um pouco atrapalhado –, e nunca o senhor falou antes com voz tão fina, e estilo tão... pouco seu. Para que isso?

– De fato, antes eu ficava mais calado, senhor, ou seja, era mais taciturno – atalhou Pável Pávlovitch, apressadamente. – O senhor sabe, antes eu gostava mais de ouvir quando a falecida falava. O senhor se lembra de como ela falava, com que presença de espírito... E, no que tange à *Provinciana,* especialmente no que se refere a Stupêndiev, nisso o senhor também tem razão, pois, mais tarde, a inestimável falecida e eu, em nossos momentos de sossego, lembrando-nos do senhor, quando já tinha partido, comparávamos nosso primeiro encontro com essa peça teatral... pois, afinal, foi mesmo parecido, senhor. E particularmente no que tange a Stupêndiev...

– Que Stupêndiev é esse, o diabo que o carregue! – gritou Veltchanínov, chegando até a bater o pé, já totalmente embaraçado com a palavra "Stupêndiev", por causa de uma recordação inquieta que se misturava nele com essa palavra.

– Stupêndiev é um papel, senhor, um papel teatral, o papel do marido na peça *A Provinciana* – piou, com voz dulcíssima, Pável Pávlovitch –, mas isso já se refere a outra categoria de nossas lembranças queridas e lindas, já depois da sua partida, quando Stepan Mikháilovitch Bagaútov nos agraciou com sua amizade, exatamente como o senhor, e por cinco anos ao todo.

– Bagaútov? O que é isso? Que Bagaútov? – Veltchanínov deteve-se de repente, como paralisado.

– Bagaútov, Stepan Mikháilovitch, que nos agraciou com sua amizade exatamente um ano depois do senhor, e... a exemplo do senhor.

– Ah, meu Deus, esse eu conheço! – gritou Veltchanínov, compreendendo por fim. – Bagaútov! Afinal, ele servia lá...

– Servia, servia! Junto ao governador! De São Petersburgo, um jovem elegante, da mais alta sociedade! – gritou Pável Pávlovitch, com êxtase resoluto.

– Sim, sim, sim! O que eu estava pensando? Então ele também...

– Ele também, ele também! – repetiu Pável Pávlovitch, com o mesmo êxtase, secundando as palavras descuidadas do anfitrião. – E então representamos *A Provinciana* no teatro caseiro de Sua Excelência, o mui hospitaleiro Semion Semiónovitch. Stepan Mikháilovitch fez o conde, eu, o marido, e a falecida, a provinciana, só que me tiraram o papel do marido por insistência da falecida, de modo que não representei o marido, aparentemente por incapacidade, senhor...

– Mas que diabo de Stupêndiev é o senhor? Antes de tudo, o senhor é Pável Pávlovitch Trussótski, não Stupêndiev – proferiu Veltchanínov, rude, sem cerimônias, quase tremendo de irritação. – Mas me permita: esse Bagaútov está aqui, em São Petersburgo; eu mesmo o vi, vi-o na primavera! Por que o senhor também não vai à casa dele?

– Vou cada santo dia, já há três semanas, senhor. Não me recebe! Está doente, não pode receber! E, imagine, fiquei sabendo de primeiríssima fonte que está doente de verdade, de forma extraordinariamente grave! Um amigo de seis anos! Ah, Aleksei Ivánovitch, digo-lhe e repito que, nesse estado de espírito, às vezes você quer sumir embaixo da terra, de verdade, senhor; em outros momentos, eu pegaria e abraçaria exatamente uma dessas, por assim dizer, testemunhas oculares e cúmplices de antes, apenas para chorar, ou seja, para absolutamente nada além de que apenas chorar!..

– Bem, contudo, por hoje é suficiente, não? – proferiu Veltchanínov, brusco.

– Demais, suficiente demais! – Pável Pávlovitch ergueu-se de imediato. – São quatro horas e, principalmente, incomodei-o de forma tão egoísta...

– Escute-me: vou até o senhor, sem falta, e então espero... Diga-me de forma direta, diga sinceramente: hoje o senhor não está bêbado?

– Bêbado? Nem um pingo.

– Não bebeu antes de vir ou mais cedo?

– Sabe, Aleksei Ivánovitch, o senhor está completamente febril.

– Amanhã eu vou, de manhã, antes da uma...

– Já reparei há tempos que o senhor está quase em delírio – interrompeu e insistiu no tema Pável Pávlovitch. – Na verdade, estou tão envergonhado que minha falta de jeito... mas vou embora, vou! E o senhor se deite e durma!

– Mas por que não disse onde mora? – deu-se conta e gritou na sua direção Veltchanínov.

– Por acaso eu não disse? No hotel Pokróvski...

– Mas em que hotel Pokróvski?

– Junto à igreja de Pokrov, lá, em uma travessa, senhor, esqueci em que travessa, esqueci também o número, só sei que é perto da igreja de Pokrov...

– Eu acho!

– Será bem-vindo, querido hóspede.

Já saíra à escada.

– Espere! – voltou a gritar Veltchanínov. – Não vai escapar?

– Como assim "escapar"? – Pável Pávlovitch arregalou os olhos, virando-se e sorrindo no terceiro degrau.

Em vez de responder, Veltchanínov bateu a porta ruidosamente, trancou-a com cuidado e correu o ferrolho. De volta ao quarto, cuspiu, como se tivesse se sujado.

Após ficar cinco minutos imóvel no meio do quarto, jogou-se na cama, sem se despir, e adormeceu em um minuto. Esquecida, a vela ardeu até o fim em cima da mesa.

A MULHER, O MARIDO E O AMANTE

Ele dormiu muito profundamente e acordou às nove e meia, em ponto; ergueu-se num instante, sentou-se na cama e imediatamente pôs-se a pensar na morte "daquela mulher".

A impressão de espanto da véspera, à notícia repentina dessa morte, deixara-lhe alguma confusão, e até dor. Essa confusão e dor tinham sido apenas abafadas na véspera por uma ideia estranha, na presença de Pável Pávlovitch. Mas agora, ao despertar, tudo que ocorrera há nove anos se apresentava de repente diante dele com intensidade extraordinária.

Essa mulher, a falecida Natália Vassílievna, esposa "daquele Trussótski", ele amara e fora seu amante, quando, a negócios (e também a pretexto de um processo de herança), passara um ano inteiro em T*, embora o próprio negócio não exigisse sua presença por um prazo tão grande; o motivo real era essa ligação. Essa ligação e esse amor se apoderaram dele com tamanha força que ele estava em uma espécie de escravidão de Natália Vassílievna e, provavelmente, estaria decidido a praticar até o ato mais monstruoso e insensato caso apenas o mais ínfimo capricho dessa mulher o exigisse. Nunca lhe aconteceu nada de parecido, nem antes nem depois. No fim do ano, quando a separação já era inevitável, Veltchanínov estava em tal desespero com a aproximação do prazo fatal – em desespero, embora a separação supostamente fosse por bem pouco tempo – que propôs a Natália Vassílievna raptá-la, levá-la embora do marido, largar tudo e partir com ele para o exterior para sempre. Apenas a zombaria e a firme insistência dessa dama (que de início aprovara plenamente o projeto, mas, provavelmente, apenas por tédio ou para rir) puderam detê-lo e forçá-lo a partir sozinho. E então? Não tinham se passado ainda dois meses da separação e, em São Petersburgo, já se fazia a pergunta que, para si, ficou para sempre sem solução: amara de fato aquela mulher ou tudo aquilo fora apenas "alucinação"? E não foi absolutamente por leviandade, ou sob influência de uma nova paixão a se iniciar, que essa pergunta brotou nele: naqueles dois primeiros meses em Petersburgo, encontrava-se em uma espécie de frenesi, e mal reparava em uma mulher que fosse, embora imediatamente tivesse se juntado à antiga sociedade e visto centenas de mulheres. Aliás, sabia muito bem que, se imediatamente voltasse a aparecer em T*, cairia novamente, sem tardar, sob o fascínio opressivo daquela mulher, apesar de todas as questões que haviam brotado. Mesmo cinco anos mais tarde, ainda era da mesma convicção. Porém, cinco anos mais tarde, já admitia isso a si mesmo com indignação e até se lembrava "daquela mulher" com ódio. Envergonhava-se do ano passado em T*; não podia entender sequer a possibilidade de uma paixão tão "estúpida" ter ocorrido a ele, Veltchanínov! Todas as recordações dessa paixão se converteram, para ele, em ignomínia; corava até as lágrimas e atormentava-se de remorso. Verdade que, por alguns anos, conseguiu tranquilizar-se um pouco, tentou esquecer aquilo tudo e quase conseguiu. E, de repente, nove anos depois, tudo aquilo ressuscitava na sua frente, de forma tão repentina e estranha, após a notícia da véspera, a da morte de Natália Vassílievna.

Agora, sentado em sua cama, com pensamentos confusos amontoando-se em sua cabeça, sentia e reconhecia com clareza apenas uma coisa: que, apesar de toda a "impressão de espanto" da véspera diante dessa notícia, mesmo assim estava muito tranquilo quanto a ela ter morrido. "Será que não tenho sequer pena dela?", perguntava a si mesmo. Verdade que agora não sentia mais ódio dela e podia julgá-la de forma mais desapaixonada e justa. Em sua opinião, aliás, já formada há muito tempo, durante esses nove anos de separação, Natália Vassílievna pertencia ao rol das mais costumeiras damas de província, da "boa" sociedade de província, e "quem sabe se não foi isso mesmo, e eu apenas fiz dela uma fantasia?" Aliás, sempre suspeitara de que essa opinião pudesse estar errada; sentia-o mesmo agora. Pois os fatos a contradiziam; esse Bagaútov também tivera uma ligação com ela por alguns anos e, aparentemente, também "sob seu pleno fascínio". Bagaútov, de fato, era um jovem da melhor sociedade petersburguense e, como "homem bastante vazio" (o que Veltchanínov dizia dele), só podia fazer carreira em Petersburgo. Mas eis que, contudo, desdenhara São Petersburgo, ou seja, sua principal vantagem, e perdera cinco anos em T*, exclusivamente por aquela mulher! E retornara por fim a Petersburgo, talvez apenas porque também fora jogado fora, como "um sapato velho, gasto". Quer dizer, aquela mulher tinha algo de extraordinário, um dom de atração, escravização e dominação!

E, todavia, aparentemente sequer tinha os meios para atrair e escravizar: "em si, nem era bonita; talvez fosse simplesmente feia". Veltchanínov surpreendera-a já com vinte e oito anos. Seu rosto não propriamente belo podia às vezes animar-se de forma agradável, mas os olhos eram feios: havia uma firmeza excessiva em seu olhar. Era muito magra. Sua formação intelectual fora fraca; sua inteligência era indiscutível e aguda, mas quase sempre unilateral. Tinha os modos de dama mundana de província e, além disso, na verdade, tinha muito tato, um gosto elegante, mas preponderantemente apenas no saber como se vestir. Um caráter decidido e dominador; com ela, não era possível nenhuma conciliação pela metade: "tudo ou nada". Nos casos dificultosos, era de uma firmeza e de uma resistência espantosas. Tinha o dom da generosidade e, quase sempre, ao lado, uma injustiça desmedida. Discutir com essa fidalga era impossível: duas vezes dois, para ela, não queria dizer nada. Jamais se considerava injusta ou culpada de algo. As constantes e incontáveis traições ao marido não lhe incomodavam nem um pouco a consciência. Em comparação com o próprio Veltchanínov, era como uma "Mãe de Deus dos *khlyst*"[7], que acredita que é de fato a Mãe de Deus – Natália Vassílievna acreditava no mais alto grau em cada uma de suas condutas. Ao amante, era fiel – aliás, só enquanto ele não a entediava. Gostava de atormentar o amante, mas também gostava de recompensar. Era de um tipo apaixonado, cruel e sensível. Odiava a depravação, condenava-a com obstinação inacreditável – e ela mesma era depravada. Não havia fatos que a pudessem levar à consciência da própria depravação. "Com certeza ela não sabe disso, *sinceramente*", pensava Veltchanínov a seu respeito, ainda em T*. (Observemos, de passagem, que ele mesmo participava da depravação dela.) "É uma daquelas mulheres – pensava – que parecem ter nascido para ser esposas infiéis. Mulheres assim nunca se perdem quando virgens; a lei de sua natureza é que, para isso, é preciso ser casada. O marido é o primeiro amante, mas apenas após as bodas. Ninguém se casa de maneira mais hábil e fácil. Do primeiro amante, o marido é sempre culpado. E tudo transcorre no mais alto grau de sinceridade; até o fim, elas se sentem, no mais alto grau, justas e, naturalmente, completamente inocentes."

Veltchanínov estava convicto de que de fato existia esse tipo de mulher; em compensação, estava convicto de que existia também um tipo

---

[7] Os membros da seita dos *khlyst* atingiam o êxtase por meio de danças de roda e cânticos. As líderes dessa seita intitulavam-se "Mães de Deus". (N. E.)

de marido correspondente a ela, cujo único destino consistia em corresponder a esse tipo feminino. Em sua opinião, a essência desses maridos consistia em serem, por assim dizer, "eternos maridos", ou, dizendo melhor, serem na vida *apenas* maridos e nada mais. "Um homem desses nasce e se desenvolve unicamente para se casar e, ao se casar, converte-se sem tardar em suplemento da esposa, mesmo no caso em que lhe acontece de ter uma personalidade própria e indiscutível. O principal sinal desse marido é um enfeite conhecido. Não tem como não ser corno, exatamente como o sol não pode não brilhar; mas não apenas nunca sabe disso, como nunca sequer pode ficar sabendo, pelas próprias leis da natureza." Veltchanínov cria profundamente que existiam esses dois tipos e que Pável Pávlovitch Trussótski, em T*, era um representante consumado de um deles. O Pável Pávlovitch da véspera, obviamente, não era o mesmo Pável Pávlovitch que conhecera em T*. Achou-o incrivelmente mudado, mas Veltchanínov sabia que ele não tinha como não mudar e que aquilo era absolutamente natural; o senhor Trussótski pudera ser o que fora antes apenas com a esposa viva e agora era apenas a parte de um todo, libertada de repente, ou seja, algo espantoso, que não se parecia com nada.

Já no que se refere ao Pável Pávlovitch de T*, eis como Veltchanínov se lembrava dele e agora recordava:

"Naturalmente, Pável Pávlovitch, em T*, era apenas um marido" e nada mais. Se, por exemplo, era, além disso, um funcionário público, era apenas porque seu serviço também constituía, por assim dizer, um de seus deveres conjugais; trabalhava para a esposa, para que ela tivesse uma posição na sociedade de T*, embora fosse um funcionário bastante zeloso. Tinha então trinta e cinco anos e acumulara algum patrimônio, nem tão pequeno. No serviço, não demonstrava capacidades especiais, mas tampouco demonstrava incapacidades. Dava-se com a mais alta roda da província e desfrutava de ótima reputação. Natália Vassílievna era absolutamente respeitada em T*; aliás, ela não dava muito valor a isso, considerando-o um dever, mas sempre sabia receber em casa de forma magnífica, e ademais Pável Pávlovitch fora tão adestrado por ela que podia ter modos finos mesmo ao receber os mais altos poderes da província. Pode ser (assim parecia a Veltchanínov) que também tivesse inteligência; porém, como Natália Vassílievna não gostava que seu esposo falasse muito, não dava para reparar muito nessa inteligência. Talvez tivesse muitas boas qualidades inatas, assim como más. Contudo, as boas qualidades estavam como que encobertas, e as más pretensões estavam abafadas, quase definitivamente. Veltchanínov lembrava-se, por exemplo, de que no senhor Trussótski às vezes brotava a pretensão de rir-se de alguém próximo, mas isso lhe era severamente proibido. Também gostava de contar casos de vez em quando, mas isso também era vigiado; permitia-se que contasse apenas algo insignificante e dócil. Tinha inclinação a frequentar um círculo de amigos, fora de casa, e até de beber com eles; no entanto, esta última coisa foi aniquilada pela raiz. E, ainda, uma peculiaridade: olhando de fora, ninguém diria que esse marido vivia sob um tacão; Natália Vassílievna parecia uma mulher absolutamente obediente e talvez até estivesse convencida disso. Pode ser que Pável Pávlovitch amasse Natália Vassílievna desmedidamente, mas ninguém conseguia notar isso, e era até impossível, provavelmente também por uma ordem doméstica da própria Natália Vassílievna. Algumas vezes, no decorrer de sua vida em T*, Veltchanínov perguntara-se: será que esse marido desconfia, nem que seja um pouco, de minha ligação com sua esposa? Algumas vezes, perguntara isso a sério a Natália Vassílievna e sempre recebera como resposta, dada com algum enfado, que o marido não sabia de nada, e nunca poderia saber de nada, e que "tudo que se passa não é absolutamente da conta dele". Outra particularidade da parte dela: nunca se ria de Pável Pávlovitch nem o achava ridículo, nem muito ruim, e chegava mesmo a intervir com veemência em seu favor caso alguém ousasse apontar-lhe alguma descortesia. Sem ter filhos, naturalmente deveria converter-se preferencialmente em mulher de sociedade, mas sua casa também lhe era indispensável. Os prazeres mundanos nunca reinaram sobre ela completamente, e, em casa, gostava muito de se ocupar da administração doméstica e de trabalhos manuais. Na véspera, Pável Pávlovitch recordara as leituras domésticas, à noite, em T*; era assim: lia Veltchanínov, e Pável Pávlovitch também lia; para espanto de Veltchanínov, ele sabia ler muito bem em voz alta. Enquanto isso, Natália Vassílievna bordava algo e ouvia a leitura sempre com a mesma tranquilidade. Liam romances de Dickens, algumas revistas russas e, às vezes, algo "sério". Natália Vassílievna apreciava altamente a cultura de Veltchanínov, mas em silêncio, como algo acabado e decidido, de que já não havia mais o que falar; em geral, com tudo que era livresco e científico, relacionava-se com indiferença, como algo absolutamente alheio, embora, talvez, também útil; já Pável Pávlovitch fazia-o às vezes com algum ardor.

A ligação de T* interrompeu-se de repente, após atingir, da parte de Veltchanínov, o ápice e quase até a loucura. Foi simplesmente expulso, de repente, embora tenham arranjado de um jeito que ele partiu absolutamente sem perceber que fora largado "como um sapato velho e imprestável". Lá em T*, um mês e meio antes de sua partida, aparecera um jovem oficialzinho de artilharia, que acabara de sair do corpo de pajens e passara a frequentar os Trussótskis; em vez de três, viram-se em quatro. Natália Vassílievna recebia o menino com benevolência, mas tratava-o como menino. Veltchanínov estava absolutamente incauto e nem cogitava nada, quando de repente lhe informaram de que a separação era necessária. Um, dentre as centenas de motivos para sua partida impreterível e rápida dadas por Natália Vassílievna, era que ela tinha a impressão de estar grávida; portanto, era natural que ele tivesse que sumir sem falta, e agora mesmo, por uns três ou quatro meses, para que, em nove meses, fosse mais difícil o marido ter dúvidas caso mais tarde surgisse alguma calúnia. O argumento era bastante forçado. Depois de uma tempestuosa proposta de Veltchanínov de fugir para Paris ou para a América, ele partiu sozinho para São Petersburgo, "sem dúvida, só por um minutinho", ou seja, não mais do que três meses, senão ele não teria partido de forma alguma, apesar de quaisquer motivos ou argumentos. Exatamente dois meses depois, recebeu em Petersburgo, de Natália Vassílievna, uma carta com o pedido de não vir nunca, pois ela já amava outro; quanto à gravidez, informava ter-se enganado. A informação do erro era supérflua, tudo já estava claro para ele: lembrava-se do oficialzinho. Assim o caso acabou, para sempre. De alguma forma, mais tarde, já alguns anos depois, ouviu dizer que Bagaútov fora parar lá e passara cinco anos ao todo. Explicou para si a duração tão desmedida da ligação, entre outras coisas, pelo fato de que Natália Vassílievna certamente já envelhecera bastante e de que se tornara mais apegada.

Ficou quase uma hora sentado na cama; por fim, recobrou os sentidos, chamou Mavra com o café, tomou-o rápido, vestiu-se e, às onze em ponto, dirigiu-se a Pokrov, para procurar o hotel. Quanto ao hotel Pokróvski, formara-se nele agora uma impressão particular, já matinal. Entre outras coisas, estava até algo envergonhado pelo tratamento da véspera a Pável Pávlovitch, e agora tinha que resolver isso.

Toda a fantasmagoria da véspera, com a tranca da porta, explicava pelo acaso, pelo aspecto bêbado de Pável Pávlovitch e, talvez, por algo mais, porém, na essência, não sabia exatamente por que estava indo agora travar relações novas com o antigo marido, quando tudo entre eles tinha acabado tão naturalmente por si só. Algo o atraía; havia ali uma impressão peculiar, e, em consequência dessa impressão, era atraído...

LIZA[8]

 Pável Pávlovitch sequer pensava em "escapar", e Deus é que sabe por que Veltchanínov fizera-lhe esta pergunta na véspera; estava efetivamente perturbado. Indagando inicialmente em uma venda junto à igreja, indicaram-lhe o hotel Pokróvski, em uma travessa, a dois passos. No hotel, explicaram que o senhor Trussótski "instalara-se" agora no pátio, em um anexo, nos quartos mobiliados de Mária Syssóevna. Subindo a escada de pedra do anexo, estreita, encharcada e imunda, na direção do primeiro andar, onde ficavam esses quartos, de repente ouviu um choro. Parecia um choro de criança, de uns sete, oito anos; o choro era penoso, ouviam-se soluços abafados, mas que prorrompiam, e, com eles, um bater de pés, e também gritos que pareciam abafados, porém furiosos, em um falsete roufenho, de adulto. Esse adulto, aparentemente, tentava conter a criança e não queria nem um pouco que ouvissem o choro, mas fazia mais barulho do que ela. Os gritos eram

---

8 Diminutivo de Elizavieta. (N. T.)

implacáveis, e a criança parecia implorar perdão. Ingressando em um corredor pequeno, com duas portas de ambos os lados, Veltchanínov encontrou uma mulher muito gorda e alta, desgrenhada como quem está em casa, e perguntou-lhe de Pável Pávlovitch. Ela botou o dedo na porta de onde se ouvia o choro. No rosto gordo e rubro daquela quarentona havia certa indignação.

– Veja qual é o passatempo dele! – proferiu, em tom grave, a meia voz, e foi para a escada. Veltchanínov quis bater, mas repensou e abriu diretamente a porta do quarto de Pável Pávlovitch. No meio do pequeno aposento, decorado com mobília pintada tosca, porém abundante, estava Pável Pávlovitch, vestido pela metade, sem sobrecasaca nem colete, de cara vermelha, tentando conter aos gritos, gestos e, talvez (foi a impressão de Veltchanínov), aos pontapés uma pequena menina de oito anos, pobremente trajada, embora como fidalga, com um vestidinho curto preto de lã. Ela, aparentemente, encontrava-se em autêntica histeria, soluçava histericamente e esticava os braços para Pável Pávlovitch, como se quisesse pegá-lo, abraçá-lo, implorar e pedir-lhe algo. Em um instante, tudo mudou: ao ver o visitante, a menina gritou e disparou para o minúsculo quartinho vizinho, e Pável Pávlovitch, momentaneamente perplexo, imediatamente derreteu-se em um sorriso, tintim por tintim como na véspera, quando Veltchanínov de repente escancarou-lhe a porta na escada.

– Aleksei Ivánovitch! – gritou, decididamente espantado. – Não podia esperar, de forma alguma... Mas venha cá, venha cá! Aqui, no sofá, ou ali, na poltrona, enquanto eu... – E apressou-se em vestir a sobrecasaca, esquecendo-se de colocar o colete.

– Não faça cerimônias, fique como está – Veltchanínov sentou-se em uma cadeira.

– Não, permita-me que faça cerimônias; bem, agora já estou mais decente. Mas por que foi se sentar no canto? Venha cá, na poltrona, à mesa... Bem, não esperava, não esperava!

Também se sentou na beira de uma cadeira de vime, porém não ao lado do visitante "inesperado", e sim virou a cadeira no canto, para ficar de cara para Veltchanínov.

– Mas por que não esperava? Afinal, ontem eu não lhe disse que viria exatamente nessa hora?

– Achei que o senhor não viria; e, quando refleti sobre tudo que ocorreu ontem, perdi decididamente a esperança de vê-lo, até para sempre, senhor.

Enquanto isso, Veltchanínov olhava ao redor. O quarto estava em desordem, a cama não estava feita, a roupa estava esparramada; na mesa, copos com café bebido, migalhas de pão e uma garrafa de champanhe, tomado pela metade, sem rolha e com um copo do lado. Fitou de soslaio o quarto vizinho, mas lá estava tudo calmo; a menina escondera-se e paralisara-se.

– Quer dizer que agora o senhor toma isso? – Veltchanínov apontou para o champanhe.

– São restos, senhor... – embaraçou-se Pável Pávlovitch.

– Ora, como está mudado!

– Maus hábitos e de repente, senhor. Verdade, foi desde então; não estou mentindo, senhor! Não consigo me controlar. Agora não se preocupe, Aleksei Ivánovitch, agora não estou bêbado e não vou começar a dizer disparates, como ontem na sua casa, mas estou falando a verdade: tudo começou desde então, senhor! E, se alguém me dissesse, meio ano atrás, que subitamente eu me relaxaria tanto quanto agora, senhor, mostrando a mim mesmo no espelho, eu não acreditaria!

– Ou seja, então ontem o senhor estava bêbado?

– Sim, senhor – admitiu, a meia voz, Pável Pávlovitch, baixando os olhos, embaraçado –, e veja bem: não exatamente bêbado, mas um pouco depois disso, senhor. Quero explicar-lhe que, depois, fico pior, senhor: a embriaguez é pouca, mas resta uma certa crueldade e destrambelho, e sinto o pesar com mais força. Talvez eu beba devido ao pesar, senhor. Daí posso dizer umas coisas muito estúpidas e me ponho a ofender. Devo ter lhe parecido muito estranho ontem, não?

– Por acaso não se lembra?

– Como não lembrar? Lembro-me de tudo, senhor...

– Veja, Pável Pávlovitch, pensei exatamente a mesma coisa e assim expliquei a mim mesmo – disse Veltchanínov, de forma apaziguadora. – Além disso, ontem eu mesmo estava algo irritadiço e... impaciente demais, reconheço de bom grado. Às vezes, não me sinto totalmente bem, e sua chegada inesperada, à noite...

– Sim, à noite, à noite! – Pável Pávlovitch meneou a cabeça, como que com espanto e condenação. – E como fui levado a isso? Eu não teria entrado em sua casa por nada se o senhor não tivesse me aberto; da porta, teria ido embora. Há uma semana, Aleksei Ivánovitch, fui à sua casa e não o encontrei, mas talvez nunca iria novamente atrás do senhor. Mesmo assim, também sou um pouco orgulhoso, Aleksei Ivánovitch, embora reconheça... meu estado atual. Encontramo-nos na rua, mas eu pensava o tempo todo: e se ele não reconhecer, e se der as costas, nove anos não são brincadeira, e não me decidia a me aproximar. Mas ontem, arrastando-me desde Peterbúrgskaia Storoná[9], esqueci-me até da hora. Tudo por causa disso – apontou para a garrafa –, e por sentimento, senhor. Estúpido! Muito! E se o senhor não fosse como é, pois veio atrás de mim mesmo depois de ontem, lembrando-se de antigamente, eu teria até perdido a esperança de renovar nosso conhecimento.

Veltchanínov escutou com atenção. Aquele homem parecia falar com franqueza e até com alguma dignidade; todavia, não acreditava em nada, desde o instante em que entrara em seu quarto.

– Diga, Pável Pávlovitch, então o senhor não está aqui sozinho? De quem é essa menina que surpreendi no seu quarto há pouco?

---

9   Região histórica de São Petersburgo, atualmente chamada de Petrográdskaia Storoná. (N. T.)

Pável Pávlovitch chegou a se espantar e erguer as sobrancelhas, mas fitou Veltchanínov de forma patente e fixa.

– Como assim, de quem é a menina? Mas essa é a Liza! – disse, com um sorriso afável.

– Que Liza? – balbuciou Veltchanínov, e algo, de repente, pareceu estremecer dentro dele. A impressão era demasiado repentina. Há pouco, entrando e avistando Liza, ficara até surpreso, mas não sentira nenhum pressentimento, nenhuma ideia especial.

– A nossa Liza, Liza, nossa filha! – sorriu Pável Pávlovitch.

– Que filha? Por acaso o senhor e Natacha... e a falecida Natália Vassílievna tiveram filhos? – perguntou Veltchanínov, desconfiado e tímido, com a voz muito baixa.

– Como assim? Ah, meu Deus, de fato, como o senhor poderia saber? O que eu tenho? Deus nos presenteou depois da sua partida!

Pável Pávlovitch chegou até a pular da cadeira, com uma agitação que, aliás, também parecia agradável.

– Não ouvi dizer nada – disse Veltchanínov e empalideceu.

– De fato, de fato, por quem iria saber? – repetiu Pável Pávlovitch, com voz debilitada e comovida. – A falecida e eu tínhamos perdido a esperança, como o senhor se lembra, e de repente o Senhor nos abençoou, e, como eu fiquei então, só Ele sabe! Ao que parece, exatamente um ano depois de o senhor partir! Ou não, não um ano depois, longe disso, espere: o senhor foi embora de nossa casa, se não me falha a memória, em outubro, ou até em novembro, certo?

– Fui-me embora de T* no começo de setembro, 12 de setembro; lembro-me bem...

– Foi mesmo em setembro? Hum... o que eu tenho? – Pável Pávlovitch espantou-se muito. – Bem, se é isso, então permita-me: o senhor partiu em 12 de setembro, e Liza nasceu em 8 de maio, quer dizer, setembro, outubro, novembro, dezembro, janeiro, fevereiro, março, abril; oito meses depois, veja bem! E se o senhor apenas soubesse como a falecida...

– Mostre-me... chame-a... – tartamudeou Veltchanínov, com voz entrecortada.

– Sem falta! – azafamou-se Pável Pávlovitch, interrompendo de imediato o que queria dizer, como se fosse algo totalmente desnecessário. – Agora, agora mesmo apresento-a! – e dirigiu-se, apressado, ao quarto de Liza.

Passaram, talvez, três ou quatro minutos ao todo, houve um cochicho breve e rápido no quarto, e mal se ouvia o som da voz de Liza: "está pedindo para não a fazer sair", pensou Veltchanínov. Por fim, vieram.

– Ei-la, sempre embaraçada – disse Pável Pávlovitch –, tão acanhada, orgulhosa, senhor... em tudo como a falecida!

Liza saiu já sem lágrimas, de olhos baixos; o pai trazia-a pela mão. Era uma menina altinha, magricela e muito bonitinha. Ergueu rapidamente os grandes olhos azuis para o visitante, fitou-o com curiosidade, porém sombria e, imediatamente, baixou os olhos. Em seu olhar, havia aquela gravidade infantil, quando as crianças, deixadas a sós com um desconhecido, partem para um canto e, de lá, examinam de forma grave e desconfiada o novo visitante que nunca estivera com elas; mas houve, talvez, outro pensamento, já não infantil, assim pareceu a Veltchanínov. O pai a levou até ele.

– Esse titio conheceu a mamãe no passado. Era nosso amigo. Não se esquive, estenda-lhe a mão.

A menina fez uma leve inclinação e estendeu a mão, tímida.

– Em casa, Natália Vassílievna não quis ensiná-la a fazer reverências como saudação, mas, sim, ao modo inglês, inclinar-se de leve e estender a mão ao visitante – acrescentou, explicando a Veltchanínov e examinando-o fixamente.

Veltchanínov sabia que o outro o examinava, mas já não se preocupava em absoluto em esconder sua agitação; sentou-se na cadeira, sem se mover, segurou a mão de Liza na sua e fitou fixamente a criança. Entretanto, Liza estava muito preocupada com algo e, esquecendo a mão na mão do visitante, não tirava os olhos do pai. Apurava o ouvido, doentiamente, a tudo que ele dizia. Veltchanínov reconheceu de imediato aqueles grandes olhos azuis, mas o que mais o impactou foi a brancura espantosa e extraordinariamente terna de seu rosto, e a cor do cabelo; esses sinais eram significativos demais para ele. O formato do rosto e a compleição dos lábios, pelo contrário, lembravam pronunciadamente Natália Vassílievna. Pável Pávlovitch, todavia, começara há tempos a contar algo, aparentemente com ardor e sentimento extraordinário, porém Veltchanínov absolutamente não o ouvia. Captou apenas a última frase:

– ... de modo que o senhor, Aleksei Ivánovitch, não pode nem imaginar nossa alegria com esse presente do Senhor! Para mim, com sua aparição, ela foi tudo, de modo que mesmo que minha felicidade tranquila desaparecesse por vontade divina, eu pensava, restaria Liza para mim; pelo menos isso eu sabia com firmeza, senhor!

– E Natália Vassílievna? – perguntou Veltchanínov.

– Natália Vassílievna? – Pável Pávlovitch fez um trejeito. – Bem, o senhor sabe, lembra-se, ela não gostava muito de se manifestar, mas, em compensação, o jeito como se despediu dela no leito de morte... ali manifestou tudo! E agora eu lhe disse "no leito de morte"; todavia, de repente, um dia antes da morte, agitou-se, zangou-se, dizia que queriam entupi-la de remédios, que só tinha uma simples febre, que nossos dois médicos não entendiam nada, que assim que Koch voltasse. Lembra-se, nosso médico militar, um velhote. Ela se levantaria da cama em duas semanas! E ainda apenas cinco horas antes de expirar, lembrou-se de que, três semanas mais tarde, deveria sem falta visitar a tia, madrinha de Liza, por causa de seu dia de santo...

De repente, Veltchanínov levantou-se da carreira, sempre sem largar a mãozinha de Liza. Aliás, teve a impressão de que, no olhar ardente da filha, cravado no pai, havia algo de recriminação.

– Ela não está doente? – perguntou, de forma estranha, apressada.

— Aparentemente não, mas nossas condições aqui ficaram de um jeito... – afirmou Pável Pávlovitch, com preocupação pesarosa. – É uma criança estranha e, por si, nervosa; depois da morte da mãe ficou doente por duas semanas, histérica, senhor. Há pouco, que choro, quando o senhor chegou. Está ouvindo, Liza, está ouvindo? E por quê? Tudo porque eu saio e a deixo, e ela diz que isso significa que não a amo como na época da mamãe, disso é que me acusa. E forma-se uma fantasia dessas na cabeça de uma criança que só devia estar brincando com brinquedos. E aqui não tem com quem brincar...

— Quer dizer que vocês... aqui vocês estão apenas a dois?

— Completamente solitários, senhor; a empregada só vem trabalhar uma vez por dia.

— E, quando sai, deixa-a sozinha?

— E como faria? Ontem saí, até cheguei a trancá-la naquele quartinho, e, por causa disso, tivemos as lágrimas de hoje. O que eu devia fazer, julgue por si mesmo: anteontem, desceu sem mim, e um menino jogou-lhe uma pedra na cabeça. Ou então põe-se a chorar e se precipita para todos no pátio, perguntando para onde fui. Pois isso não é bom, senhor. Eu também sou uma beleza: saio por uma hora, mas só volto na manhã do dia seguinte, como ontem. Ainda bem que a proprietária, na minha ausência, destrancou-a, chamou um chaveiro para abrir a tranca, é até uma vergonha, sinto-me um monstro, senhor. Tudo por causa da minha perturbação...

— Papai! – proferiu a menina, tímida e preocupada.

— Ora, veja, de novo! De novo você com essa! O que disse há pouco?

— Não vou, não vou – repetia Liza, com medo, juntando as mãos diante dele.

— Vocês não podem continuar assim, nessas condições – pôs-se a falar, de repente, com impaciência, Veltchanínov, com voz imperativa. – Afinal, o senhor... Afinal, o senhor é um homem com um patrimônio; como então está assim, em primeiro lugar, nesse anexo e nessas condições?

– Nesse anexo? Pois bem, talvez já partamos em uma semana e, mesmo assim, gastamos muito dinheiro, apesar do patrimônio...

– Ora, basta, basta! – interrompeu-o Veltchanínov, cuja impaciência crescia cada vez mais, como se dissesse abertamente: "Não há o que dizer, sei tudo o que você está dizendo, e sei com que intenção está dizendo!" – Escute, faço-lhe uma proposta: o senhor disse agora que vai ficar por uma semana, talvez duas. Há uma casa, aqui, onde mora uma família, e me sinto um parente naquele canto; já são vinte anos. É a família Pogoréltsev. Aleksandr Pávlovitch Pogoréltsev é conselheiro privado; vai até ser útil na sua causa. Agora está em sua dacha. Eles têm uma dacha riquíssima. Klávdia Petrovna Pogoréltseva é para mim como uma irmã, como uma mãe. Eles têm oito filhos. Deixe-me levar Liza agora até eles... Levo eu, para não perder tempo. Vão recebê-la com alegria por todo esse tempo, tratá-la como filha de sangue, como filha de sangue!

Estava terrivelmente impaciente e não escondia isso.

– Isso é impossível, senhor – afirmou Pável Pávlovitch, com uma careta e, na impressão de Veltchanínov, que ele fitava nos olhos, com astúcia.

– Por quê? Por que é impossível?

– Como vou largar essa criança, senhor, e de repente... Suponhamos que, com um benfeitor tão franco, como o senhor, não estou falando disso, senhor, mas mesmo assim em uma casa desconhecida, e gente da alta sociedade, que não sei como vai receber.

– Mas eu lhe disse que, para eles, sou como um parente – gritou Veltchanínov, quase em cólera. Klávdia Petrovna vai considerar uma felicidade, basta uma palavra minha. Como se fosse minha filha... O diabo que o carregue, o senhor mesmo sabe, faz isso só para tagarelar... para que falar?

Chegou a bater o pé.

– Quero dizer, não seria muito estranho? Mesmo assim, eu deveria me avistar com ela uma, duas vezes, pois como vai ficar completamente sem o pai? He, he... e em uma casa tão importante.

– Mas é uma casa muito simples, não tem nada de "importante"! – gritou Veltchanínov. – Estou lhe dizendo, há muitas crianças. Lá ela vai ressuscitar, é tudo por causa disso... E eu o apresento amanhã, caso queira. E será até imprescindível que o senhor vá agradecer: vá todo dia, se quiser...

– Mesmo assim, é algo...

– Absurdo! O principal é que o senhor mesmo sabe disso! Ouça, vá hoje à noite à minha casa e durma lá, pode ser, e de manhã cedo saímos, para chegar lá às doze.

– Meu benfeitor! Até passar a noite na sua casa... – Pável Pávlovitch concordou de repente, com emoção. – O senhor está sendo um autêntico benfeitor... E onde fica a dacha deles?

– A dacha deles é Lesnói.

– Mas e a roupa dela, senhor? Pois, em uma casa tão eminente, ainda mais uma dacha, o senhor mesmo sabe... O coração de pai!

– O que tem a roupa dela? Está de luto. Por acaso poderia usar outra roupa? É a mais decorosa que poderia imaginar! Só precisava de roupa de baixo mais limpa, de um lencinho... (O lencinho e a roupa de baixo, que estava à vista, de fato encontravam-se muito sujos).

– Troca-se agora mesmo, sem falta – azafamou-se Pável Pávlovitch –, e o resto da roupa de baixo necessária também pegamos agora; está com Mária Syssóevna, para lavar, senhor.

– Então vou mandar buscar a caleche – interrompeu Veltchanínov –, e logo, se possível.

Mas apareceu um obstáculo: Liza opunha-se resolutamente, ouvia o tempo todo com medo, e se Veltchanínov, ao persuadir Pável Pávlovitch, tivesse tempo de fitá-la com atenção, teria visto um total desespero em seu rostinho.

— Não vou – disse, firme e baixo.

— Veja, está vendo, senhor, é igual à mamãe!

— Não sou igual à mamãe, não sou igual à mamãe! – gritava Liza, torcendo em desespero as mãozinhas, como se quisesse se justificar, diante do pai, da terrível recriminação de ser como mamãe. – Papai, papai, se o senhor me abandonar...

De repente, atirou-se para Veltcháninov, que se assustou.

— Se o senhor me levar, eu...

Mas não conseguiu dizer mais nada; Pável Pávlovitch pegou-a pela mão, quase pelo cangote, e, já sem esconder a exasperação, arrastou-a ao quartinho. Lá, voltaram a ocorrer uns minutos de sussurro, ouviu-se um choro abafado. Veltchanínov já estava querendo entrar, porém Pável Pávlovitch saiu até ele e, com um sorriso torto, declarou que ela logo viria. Veltchanínov tentava não o fitar e olhou para o lado.

Apareceu também Mária Syssóevna, a mesma mulher que ele encontrara há pouco, no corredor, e se pôs a empacotar, em uma bela bolsa pequena, que pertencia a Liza, a roupa branca que trouxera.

— Então, meu pai, o senhor vai levar a menina? – dirigiu-se a Veltchanínov. – Que foi, tem uma família? Está fazendo bem, meu pai: a criança é pacífica, está salvando-a de uma Sodoma.

— O que é isso, Mária Syssóevna – quis murmurar Pável Pávlovitch.

— Que é isso de Mária Syssóevna? Todos me tratam assim. Por acaso o seu quarto não é uma Sodoma? É decoroso uma criancinha com noção das coisas olhar para tamanha vergonha? Trouxeram a sua caleche, meu pai, é para Lesnói, não?

— Sim, sim.

— Pois bem, em boa hora!

Liza saiu bem pálida, de olhinhos baixos, e pegou a bolsa. Nem um olhar na direção de Veltchanínov; continha-se e não se lançou, como há pouco, a abraçar o pai, nem sequer à despedida; pelo visto, não queria nem olhar para ele. O pai beijou-lhe a cabecinha e acariciou-a com decoro; nessa hora, os labiozinhos dela se crisparam, e o queixo tremeu, mas nem assim erguia os olhos para o pai. Pável Pávlovitch estava como pálido, e suas mãos tremiam. Veltchanínov reparou nisso claramente, embora se empenhasse com todas as forças em não olhar para ele. Só desejava uma coisa: partir o quanto antes. "Mas o que é isso, qual é a minha culpa?", pensou. "Tinha que ser assim." Foram para baixo, onde Liza e Mária Syssóevna trocaram beijos, e, só quando estava sentada na caleche, Liza ergueu os olhos para o pai – e, de repente, abriu os braços e gritou; mais um instante e teria se jogado da caleche em sua direção, mas os cavalos já tinham arrancado.

A NOVA FANTASIA
DE UM HOMEM OCIOSO

– A senhorita não está mal? – assustou-se Veltchanínov. – Mando parar, mando trazer água...

Ela ergueu-lhe os olhos e lançou-lhe um olhar ardente, de reprovação.

– Para onde o senhor está me levando? – proferiu, de forma áspera e entrecortada.

– É uma casa maravilhosa, Liza. Agora eles estão em uma dacha maravilhosa. Lá há muitas crianças; elas vão gostar da senhorita, são boas... Não se zangue comigo, Liza, quero o seu bem...

Nesse instante, ele teria parecido estranho a qualquer de seus conhecidos que o pudesse ver.

– Como o senhor... como o senhor... como o senhor... ui, como o senhor é mau! – disse Liza, sufocando com as lágrimas reprimidas, e cintilando para ele os lindos olhos enraivecidos.

– Liza, eu...

– O senhor é mau, mau, mau! – ela retorcia os braços. Veltchanínov estava completamente desconcertado.

– Liza, querida, se a senhorita soubesse a que desespero me leva!

– É verdade que ele vem amanhã? Verdade? – perguntou ela, imperiosa.

– Verdade, verdade! Eu mesmo vou trazê-lo; vou buscá-lo, e levo-o.

– Ele mente – sussurrou Liza, baixando os olhos para o solo.

– Por acaso ele não a ama, Liza?

– Não ama.

– Ele a ofendeu? Ofendeu?

Liza o fitou sombriamente e ficou calada. Voltou a dar-lhe as costas e ficou sentada, de cabeça obstinadamente baixa. Ele se pôs a persuadi-la, falava-lhe com ardor, estava febril. Liza ouvia-o desconfiada, hostil, mas ouvia. A atenção dela deixou-o extraordinariamente contente: ele até começou a explicar-lhe como é um homem que bebe. Dizia que a amava e que observaria seu pai. Liza levantou, por fim, os olhos e fitou-o fixamente. Ele se pôs a contar como conhecera sua mamãe e viu que suas histórias a atraíam. Aos poucos, ela começou a responder gradualmente a suas perguntas, ainda que de forma cuidadosa e monossilábica, com obstinação. Mesmo assim, não respondia às principais perguntas: obstinadamente, calava-se sobre tudo que se referia à sua relação prévia com o pai. Ao falar com ela, Veltchanínov pegou sua mãozinha, como há pouco, e não largava; ela não a retirava. A menina, aliás, não ficava sempre calada; apesar de tudo, afirmava, em respostas vagas, que gostava mais do pai do que de mamãe, pois antes ele sempre a amara mais, e mamãe antes a amara menos; mas que, quando mamãe morreu, beijou-a muito e chorou, quando todos saíram do quarto e elas ficaram a sós... e que agora amava-a mais do que todos, mais do que todos, do que todos no mundo, e a cada noite amava-a mais. Mas a menina era de fato orgulhosa: apercebendo-se de que deixara escapar algo, de repente, voltou a se fechar e silenciou; olhava até com ódio para Veltchanínov, que a fizera falar demais. No fim da viagem, seu estado histérico tinha quase passado, mas ela ficou terrivelmente pensativa e olhava como uma selvagem, soturna, com uma obstinação sombria, premeditada. No que se refere a levarem-na para uma casa desconhecida, na qual jamais estivera, isso, aparentemente, pouco a perturbava por enquanto. Atormentava-a outra coisa, que Veltchanínov via; adivinhava que ela estava com vergonha *dele,* que estava com vergonha justamente de o pai tê-la deixado ir com ele com tanta facilidade, como se a jogasse em seus braços.

"Ela está doente", pensou, "talvez muito: torturaram-na... Oh, besta bêbada, infame! Agora entendo-o!" Apressou o cocheiro; tinha esperanças na dacha, no ar livre, no jardim, nas crianças, na vida nova, que ela não conhecia, e então, mais tarde... Mas do que seria depois ele já não duvidava nada; tinha esperanças plenas e claras. Só sabia completamente de uma coisa: que jamais experimentara o que sentia agora e que aquilo permaneceria consigo por toda a vida! "Esse é o objetivo, essa é a vida!", pensava, entusiasmado.

Muitas ideias faiscavam nele agora, mas não se deteve nelas e obstinadamente evitou os detalhes: sem detalhes, tudo ficava claro, tudo era indestrutível. O plano principal formara-se sozinho: "Será possível influenciar esse calhorda", sonhava, "com forças combinadas, e ele deixará Liza em Petersburgo, com os Pogoréltsevs, ainda que no começo apenas por um tempo, por um prazo, e vá embora sozinho; e Liza fica para mim; isso é tudo, o que mais? E... e claro que ele mesmo o deseja; senão, por que a atormenta?" Por fim, chegaram. De fato, a dacha dos Pogoréltsevs era um lugarzinho encantador; antes de tudo, recebeu-os todo o bando barulhento de crianças, que se derramava pelo terraço de entrada da dacha. Veltchanínov não aparecia por lá há bastante tempo, e a alegria das crianças era frenética: amavam-no. Antes que ele saísse da caleche, os mais velhos gritaram-lhe, imediatamente:

– E o processo, como vai o seu processo? – os menores ecoaram e, com risos, guinchavam atrás dos mais velhos. Mexiam com ele por causa do processo. Porém, ao avistarem Liza, imediatamente rodearam-na e puseram-se a examiná-la com curiosidade infantil, silenciosa e atenta. Klávdia Petrovna saiu, com o marido atrás. A primeira palavra dela e do marido, entre risos, também foi sobre o processo.

Klávdia Petrovna era uma dama de trinta e sete anos, uma morena corpulenta e ainda bela, com um rosto fresco e corado. Seu marido tinha cinquenta e cinco anos, era um homem inteligente e astuto, mas, acima de tudo, bondoso. A casa deles era, na plena acepção do termo, um "canto familiar" para Veltchanínov, nas palavras dele. No entanto, aí se escondia mais uma circunstância peculiar: há vinte anos, essa Klávdia Petrovna por pouco não se casou com Veltchanínov, então quase um menino, ainda estudante. Foi o primeiro amor, fogoso, ridículo e lindo. Deu-se, contudo, que ela se casou com Pogoréltsev. Cinco anos mais tarde, voltaram a se encontrar, e tudo resultou em uma amizade clara e serena. Restou para sempre um calor em suas relações, uma luz particular que as iluminava. Tudo ali era puro e irrepreensível nas memórias de Veltchanínov, e mais caro para ele porque, talvez, só fosse assim lá. Lá, naquela família, ele era simples, ingênuo, bom, cuidava das crianças, nunca fazia fita, admitia e confessava tudo. Jurara mais de uma vez aos Pogoréltsevs que viveria um pouco mais em sociedade e depois se mudaria de vez para sua casa e moraria com eles, para não mais se separar. Pensava consigo mesmo nessa intenção sem nenhuma brincadeira.

Explanou-lhes muito detalhadamente tudo que era necessário sobre Liza; mas apenas seu pedido era suficiente, sem explicações especiais. Klávdia Petrovna beijou a "órfã" e prometeu fazer tudo de sua parte. As crianças pegaram Liza e levaram-na para brincar no jardim. Após meia hora de conversa animada, Veltchanínov levantou-se e começou a se despedir. Estava com tamanha impaciência que todos notaram. Todos se surpreenderam: não aparecia há três semanas e agora ia embora depois de meia hora. Ele riu e jurou que viria no dia seguinte. Notaram que estava em uma agitação bastante forte; de repente, tomou Klávdia Petrovna pela mão e, sob o pretexto de que esquecera de dizer algo muito importante, levou-a a outro aposento.

– Lembra-se de que eu lhe falei, só à senhora, e nem o seu marido sabe, do ano de minha vida em T*?

– Lembro muito bem; o senhor falou disso com frequência.

– Eu não falei, eu confessei, e apenas à senhora, apenas à senhora! Nunca lhe disse o sobrenome dessa mulher; era Trussótskaia, esposa desse Trussótski. Ela morreu, e Liza é sua filha... minha filha!

– Tem certeza? Não está enganado? – perguntou Klávdia Petrovna, com certa agitação.

– Absolutamente, absolutamente, não estou enganado! – afirmou Veltchanínov, arrebatado.

E ele contou, o mais abreviado possível, com pressa e terrivelmente agitado, tudo. Klávdia Petrovna, antes, já sabia disso tudo, mas não sabia o sobrenome dessa dama. Veltchanínov sempre ficara tão aterrorizado só com a ideia de que algum de seus conhecidos poderia encontrar alguma vez madame Trussótskaia e pensar que *ele* pudera amar aquela mulher *daquele jeito,* que nem a Klávdia Petrovna, sua única amiga, ousara revelar até então o nome "daquela mulher".

– E o pai não sabe de nada? – a outra perguntou, após ouvir a narração.

– S-sim, ele sabe... Isso é que me atormenta. Ainda não discerni tudo! – continuou Veltchanínov, inflamado. – Ele sabe, sabe; notei-o hoje e ontem. Mas preciso saber o quanto exatamente ele sabe. Por isso, apresso-me agora. Hoje à noite, ele virá. Não compreendo, aliás, como ele pôde saber, ou seja, saber *tudo*. De Bagaútov ele sabe tudo, disso não há dúvida. Mas de mim? A senhora está ciente de como, nesses casos, as esposas sabem dar certeza aos maridos! Um anjo pode descer dos céus, o marido não acreditará nele, mas acreditará nela! Não balance a cabeça, não me condene, eu mesmo me condeno e me condenei a respeito disso tudo há muito, muito tempo!... Veja, há pouco, na casa dele, eu estava tão seguro de que sabe de tudo que me comprometi perante ele. Acredite: estou muito envergonhado e pesaroso por tê-lo recebido ontem de forma tão rude. Depois lhe conto tudo em detalhes! Ele passou ontem em casa, com um desejo invencível de me dar a conhecer que sabia da sua ofensa, assim como quem era o ofensor! Esse é todo o motivo de sua chegada estúpida, em estado de bebedeira. Mas isso é tão natural da parte dele! Foi justamente para repreender! Em geral, portei-me de forma muito exaltada, há pouco e ontem! Descuidado, estúpido! Entreguei-me a ele! Por que ele chegou em uma hora de tamanha perturbação? Estou lhe dizendo que ele até atormentou Liza, atormentou uma criança, com certeza, também para recriminar, para descarregar a raiva em uma criança! Sim, ele é raivoso; por mais insignificante que seja, é raivoso, até demais. Em si, não é mais que um palhaço, embora antes, meu Deus, tivesse um ar de homem honesto, o quanto podia, mas é tão natural que ele tenha se desencaminhado! Aqui, minha amiga, é preciso encarar de forma cristã! E sabe, minha querida, minha bondosa, quero mudar para com ele; quero acarinhá-lo. Será até uma "boa ação" de minha parte. Pois, afinal de contas, sou culpado perante ele! Ouça, fique sabendo, vou-lhe dizer mais uma coisa: certa vez, em T*, de repente precisei de quatro mil rublos, e ele me deu na mesma hora, sem nenhum documento, com alegria sincera por ser-me útil, e eu os peguei então, peguei de sua mão, tomei seu dinheiro, ouça, tomei, como de um amigo!

– Só seja mais cuidadoso – observou, diante disso tudo, Klávdia Petrovna, com preocupação –, e como está exaltado, temo pelo senhor, de verdade! Claro, Liza agora também é minha filha, mas ainda há tanto, tanto por resolver! E, principalmente, seja agora mais prudente. Deve ser mais prudente, sem falta, quando está feliz, ou em tamanha exaltação; o senhor é generoso demais quando está feliz – acrescentou, com um sorriso.

Todos foram acompanhar Veltchanínov; as crianças trouxeram Liza, com a qual brincavam no jardim. Pareciam encará-la agora com ainda mais perplexidade do que antes. Liza ficou completamente arisca quando Veltchanínov beijou-a na frente de todos, à despedida, e repetiu, com ardor, a promessa de vir no dia seguinte, com o pai dela. Até os últimos minutos, ficou calada, sem olhar para ele, mas daí, de repente, puxou-o pela manga, de lado, cravando-lhe um olhar de súplica; tinha vontade de lhe dizer algo. Ele imediatamente levou-a para outro aposento.

– Que foi, Liza? – perguntou, com ternura e aprovação, mas ela, sempre fitando-o de forma temerosa, arrastou-o para um canto; desejava esconder-se completamente de todos. – Que foi, Liza, que foi?

Ela se calava e não se decidia; fitava-o nos olhos, imóvel, com seus olhos azuis, e, em todos os traços de seu rostinho, manifestava-se apenas um medo louco.

– Ele... vai se enforcar! – sussurrou ela, como se delirasse.

– Quem vai se enforcar? – perguntou Veltchanínov, assustado.

– Ele, ele! À noite, quis se enforcar com uma corda! – disse a menina, de forma precipitada e ofegante. – Eu mesma vi! Há pouco, queria se enforcar com uma corda, ele me disse, disse! Antes também queria, sempre quis... Eu vi à noite...

– Não pode ser! – sussurrou Veltchanínov, perplexo. De repente, ela precipitou-se a beijar-lhe a mão; chorava, mal recuperando o fôlego entre os soluços, pedia e implorava, mas ele não conseguia entender nada de seu balbucio histérico. E, depois, para sempre ficou-lhe na memória, via em vigília e em sonho aquele olhar agoniado da criança torturada, que o fitava em pavor insano e com a última esperança.

"E será, será que ela o ama tanto?", ele pensava, enciumado e invejoso, ao regressar para a cidade, em impaciência febril. "Há pouco, ela mesmo disse que amava mais a mãe... Talvez odeie-o e não o ame de jeito nenhum!"

"E o que é isso de 'enforcar-se'? O que foi que ela disse? Aquele imbecil, enforcar-se? É preciso apurar: é preciso apurar sem falta! É preciso resolver tudo o mais rápido possível, resolver definitivamente!"

O MARIDO E O AMANTE SE BEIJAM

Tinha uma pressa terrível de "apurar". "Há pouco, fiquei aturdido; há pouco, não tinha como raciocinar", pensava, recordando seu primeiro encontro com Liza, "mas agora preciso apurar". Para apurar mais rápido, em sua impaciência, quis mandar que o levassem diretamente até Trussótski, mas imediatamente reconsiderou: "Não, melhor ele vir à minha casa e, enquanto isso, liquido logo esses malditos negócios".

Lançou-se ao trabalho de forma febril; mas, dessa vez, ele mesmo sentia estar muito distraído e que não tinha como se ocupar dos negócios naquele dia. Às cinco horas, quando já estava saindo para jantar, de repente, pela primeira vez, passou-lhe pela cabeça uma ideia engraçada: a de que, verdadeiramente, talvez ele apenas atrapalhasse o andamento dos negócios ao se intrometer no litígio, azafamando-se e trombando pelas repartições e perseguindo seu próprio advogado, que passara a se esconder dele. Riu alegremente de sua suposição. "E olha que, se essa ideia me passasse ontem pela cabeça, eu ficaria terrivelmente agastado", acrescentou, ainda mais alegre. Apesar da alegria, ficou ainda mais distraído e impaciente. Por fim, ficou pensativo. E, embora seu pensamento inquieto se aferrasse a muitas coisas, não resultava em nada do que precisava.

"Preciso desse homem!", decidiu, por fim. "Tenho que decifrá-lo, e depois decidir. É um duelo!"

Voltando para casa às sete horas, não encontrou Pável Pávlovitch por lá, o que o levou a extremo espanto, depois à ira, depois até à tristeza; por fim, passou até a temer. "Deus sabe, Deus sabe como isso vai terminar!", repetia, ora perambulando pelo quarto, ora esticando-se no sofá, sempre a mirar o relógio. Por fim, já perto das nove horas, Pável Pávlovitch apareceu. "Se esse homem estiver com artimanha, não haveria momento melhor do que esse para aprontar para mim, a tal ponto que estou abalado agora", pensou, de repente animando-se por completo e alegrando-se terrivelmente.

À pergunta pronta e alegre, por que demorou tanto a vir, Pável Pávlovitch deu um sorriso torto e, diferentemente da véspera, sentou-se de forma desenvolta e jogou, desleixado, na outra cadeira, o chapéu com o crepe. Veltchanínov reparou de imediato nessa desenvoltura e tomou nota dela.

Calmo e, sem palavras supérfluas, sem a agitação recente, contou, em forma de relatório, como levara Liza, como ela fora bem recebida, como isso lhe faria bem e, aos poucos, como se completamente esquecido de Liza, imperceptivelmente desviou o assunto de forma exclusiva para os Pogoréltsevs, ou seja, que pessoas gentis eles eram, como os conhecia há tempos, que homem bom e influente era Pogoréltsev, e assim por diante. Pável Pávlovitch escutava distraído e por vezes fitava o narrador de soslaio, com zombaria rabugenta e marota.

– O senhor é um homem fogoso – murmurou, com um sorriso especialmente desagradável.

– Contudo, hoje o senhor está algo mau – reparou Veltchanínov, com desgosto.

– E por que não posso ser mau, senhor, como todos os outros? – gritou, de repente, Pável Pávlovitch, como se saltasse detrás de um canto; como se só estivesse esperando a hora de saltar.

– Absolutamente como quiser – riu-se Veltchanínov. – Pensei se não lhe aconteceu algo.

– E aconteceu, senhor! – exclamou o outro, como se se gabasse do que acontecera.

– E o que foi?

Pável Pávlovitch esperou um pouco para responder:

– Sempre o nosso Stepan Mikháilovitch fazendo das suas... Bagaútov, jovem da mais elegante sociedade petersburguense, da mais alta sociedade.

– Que foi, voltou a não o receber?

– N-não, justo dessa vez receberam-me, pela primeira vez fui admitido, senhor, e contemplei os traços... só que de um defunto!

– O quê-ê-ê! Bagaútov morreu? – Veltchanínov ficou terrivelmente surpreso, embora, aparentemente, não houvesse motivo para surpresa.

– Ele, senhor! O amigo inabalável de seis anos! Morreu ainda ontem, pouco antes do meio-dia, e eu nem sabia! Talvez tenha sido no mesmo momento em que passei por lá para me informar de sua saúde. Amanhã, será levado para enterrar; agora jaz no caixãozinho, senhor. O caixão é forrado de veludo vermelho escuro, com passamanes verdes... Morreu de febre nervosa, senhor. Admitiram-me, admitiram-me, contemplei-lhe os traços! Afirmei à entrada que me considerava um amigo sincero, por isso admitiram-me. O que ele foi fazer agora comigo, um amigo sincero, de seis anos, pergunto-lhe? Talvez eu só tenha vindo a Petersburgo por causa dele!

– Mas por que está zangado com ele? – riu-se Veltchanínov. – Afinal, não morreu de propósito!

– Ora, afinal estou falando com pena; era um amigo precioso; veja o que significava para mim, senhor.

E Pável Pávlovitch, subitamente, de forma completamente inesperada, fez com dois dedos um chifre em sua testa calva e deu um risinho baixo e prolongado. Ficou por meio minuto sentado assim, com o chifre e o risinho, fitando Veltchanínov nos olhos, algo ébrio com sua própria baixeza maliciosa. O outro ficou petrificado, como se visse um fantasma. Mas essa paralisia durou apenas o mais breve instante; um sorriso zombeteiro, e de uma calma vil, surgiu-lhe vagarosamente nos lábios.

– O que significa isso? – perguntou, desleixado, esticando as palavras.

– Significa um chifre, senhor – atalhou Pável Pávlovitch, tirando, por fim, os dedos da testa.

– Ou seja... seus chifres?

– Meus próprios, bem adquiridos! – Pável Pávlovitch voltou a crispar-se de forma terrivelmente desagradável.

Ambos ficaram calados.

– Contudo, o senhor é um homem corajoso! – afirmou Veltchanínov.

– Por ter lhe mostrado os chifres? Sabe de uma coisa, Aleksei Ivánovitch, seria melhor me servir algo! Afinal, servi-o por um ano inteiro em T*, todo santo dia... Mande buscar uma garrafinha; minha garganta secou.

– Com prazer; deveria ter dito há tempos. O que o senhor quer?

– Mas como *o senhor*? Diga *nós*. Vamos beber juntos, ou não? – Pável Pávlovitch fitava-o nos olhos com desafio e uma estranha inquietude.

– Champanhe?

– E por que não? Ainda não chegou a hora da vodca...

Veltchanínov ergueu-se vagarosamente, tocou a sineta para Mavra e deu as ordens.

– À alegria de nosso encontro feliz, senhor, após uma separação de nove anos. – Pável Pávlovitch deu um risinho desnecessário e falho. – Agora o senhor, e apenas o senhor, restou-me como amigo sincero! Stepan Mikháilovitch Bagaútov não existe! Como diz o poeta:

O grande Pátroclo não existe,
O desprezível Térsites está vivo![10]

E, à palavra "Térsites", tocou no próprio peito.

"Seu porco, explique-se logo, não gosto de alusões", Veltchanínov pensou consigo. A raiva fervia nele, que já há tempos mal a continha.

– Diga-me uma coisa – começou, agastado. – Se o senhor acusa Stepan Mikháilovitch (agora já não o chamava simplesmente de Bagaútov), então, ao que parece, é uma alegria o ofensor ter morrido. Por que essa raiva?

– Mas que alegria? Por que alegria?

– Julgo a partir do seu sentimento.

– He, he, quanto a isso, está enganado a respeito dos meus sentimentos, senhor. Segundo a máxima de um sábio: "Um inimigo morto é bom, mas vivo é ainda melhor", hi, hi!

– Mas vendo-o vivo por cinco anos, todo dia, acho que o senhor teve tempo de admirá-lo – observou Veltchanínov, maldoso e insolente.

– Mas por acaso, então... por acaso então eu sabia, senhor? – soltou, de repente, Pável Pávlovitch, novamente como se saltasse detrás de um canto, até aparentando alguma alegria por finalmente terem-lhe feito a pergunta que esperava há tempos. – Ora, Aleksei Ivánovitch, por quem o senhor me toma?

E em seu olhar, de repente, cintilou uma expressão absolutamente nova e inesperada, que pareceu transfigurar-lhe por completo o aspecto raivoso e até então apenas vulgar que lhe crispava o rosto.

– Então quer dizer que o senhor não sabia de nada! – afirmou Veltchanínov, desconcertado, com o mesmo espanto repentino.

– Quer dizer que não sabia de nada, senhor? Não sabia de nada! Oh, essa raça dos nossos Júpiteres! Para vocês, o homem é igual a um

---

10 Citação da balada *Triunfo dos vencedores* (1803), de Schiller, na tradução russa (1828) de Jukóvski. (N. E.)

cachorro e julgam todos por seu próprio modelo! Tome essa! Engula! – E bateu o punho na mesa, com ira, mas imediatamente assustou-se com seu golpe e passou a olhar de forma doentia.

Veltchanínov deu-se ares de valente.

– Ouça, Pável Pávlovitch, para mim dá decididamente na mesma, concorde, se o senhor sabia ou não. Se não sabia, isso o honra no mais alto grau, embora... Aliás, nem entendo por que o senhor me escolheu para seu confidente.

– Não era do senhor... Não se zangue, não era do senhor... – balbuciou Pável Pávlovitch, olhando para o chão.

Mavra entrou com o champanhe.

– É ele! – gritou Pável Pávlovitch, visivelmente contente com a chegada. – Os copinhos, minha mãe, os copinhos; maravilha! Não preciso de nada mais da senhora, querida. E já está aberto? Honra e glória à senhora, criatura querida! Pois bem, raspe-se!

E, reanimando-se, voltou a fitar Veltchanínov com petulância.

– Mas reconheça – deu um risinho, de repente – que está terrivelmente curioso, senhor, e não "dá absolutamente na mesma", como teve a bondade de dizer, de modo que o senhor ficaria até agastado se, nesse mesmo instante, eu me levantasse e saísse sem lhe explicar nada.

– Não me agastaria, de verdade.

"Oh, está mentindo!", disse o sorriso de Pável Pávlovitch.

– Bem, vamos lá! – E verteu o vinho nos copos.

– Um brinde – declarou, erguendo o copo – à saúde de nosso amigo Stepan Mikháilovitch, que foi com Deus!

Ergueu o copo e bebeu.

– Não vou beber com um brinde desses – Veltchanínov baixou seu copo.

– Por que não? Um brindezinho agradável.

– É o seguinte: ao entrar, agora, o senhor não estava bêbado?

– Bebi um pouco. E daí, senhor?

– Nada de especial, mas tive a impressão de que ontem, e especialmente hoje de manhã, o senhor lamentava sinceramente pela falecida Natália Vassílievna.

– E quem lhe disse que não a lamento sinceramente agora? – Pável Pávlovitch voltou a saltar, como se novamente impulsionado por uma mola.

– Não estou falando disso; mas concorde que o senhor pode estar enganado acerca de Stepan Mikháilovitch, e isso é uma coisa importante.

Pável Pávlovitch deu um sorriso astuto e piscou.

– E com que vontade o senhor está de saber como fiquei sabendo de Stepan Mikháilovitch!

Veltchanínov corou.

– Volto a lhe repetir que, para mim, dá na mesma. "Não devia jogá-lo fora agora mesmo, junto com a garrafa?", pensou, feroz, e corou ainda mais.

– Tudo bem, senhor! – proferiu Pável Pávlovitch, como que animando-o e encheu mais um copo. – Explico-lhe agora como fiquei sabendo "de tudo", e assim satisfaço seus desejos ardentes... Só me dê uma *papirossinha*, pois desde o mês de março...

– Tome sua *papirossinha*.

– Depravei-me desde o mês de março, Aleksei Ivánovitch, e veja como tudo isso ocorreu, senhor, escute aqui. A tísica, como sabe, queridíssimo amigo – ficando cada vez mais familiar –, é uma doença curiosa. A três por dois, o tísico morre quase sem desconfiar que vai morrer no dia seguinte. Digo-lhe que, ainda cinco horas antes, Natália Vassílievna dispunha-se a, dentro de duas semanas, ir até a casa de sua tia, a quarenta verstas. Além disso, o senhor provavelmente conhece o hábito, ou, dizendo melhor, o costume, comum a muitas damas e, talvez, a cavalheiros, de guardar, entre os trastes velhos, a correspondência amorosa. Seria mais seguro no forno, não? Não, cada nesguinha de papel é guardada com desvelo em caixinhas e *nécessaires*; até numerado por ano, por dia e por categoria. Deve ser um consolo, até grande, não sei; deve ser para terem lembranças agradáveis. Determinando, cinco horas antes de expirar, ir para a festa da tia, Natália Vassílievna, naturalmente, nem pensava na morte, mesmo até a última hora, e sempre esperava por Koch. Daí, aconteceu de Natália Vassílievna morrer, e a caixinha de madeira negra, com incrustações de madrepérola e prata, ficou em seu escritório. Era uma caixinha bonitinha, com chave, de família, a avó deixara para ela. Pois bem, nessa caixinha, tudo se revelou, senhor, ou seja, tudo, sem nenhuma exceção, por dia e por ano, todos os vinte anos. E, como Stepan Mikháilovitch tinha uma inclinação resoluta para a literatura e até mandou um conto apaixonado para uma revista literária, descobriram-se não menos do que cem exemplares de sua produção no cofrezinho, verdade que ao longo de cinco anos. Alguns exemplares têm anotações do próprio punho de Natália Vassílievna. Agradável para o cônjuge, não acha, senhor?

Veltchanínov refletiu rapidamente e se recordou de que nunca escrevera nenhuma carta, nenhum bilhete a Natália Vassílievna. E, embora tivesse escrito duas cartas de São Petersburgo, foram no nome de ambos os cônjuges, como fora combinado. À última carta de Natália Vassílievna, na qual ela determinava sua separação, ele não respondeu.

Ao terminar a narração, Pável Pávlovitch ficou um minuto inteiro calado, sorrindo com impertinência e expectativa.

– Por que não respondeu à minha perguntinha, senhor? – proferiu, por fim, com tormento patente.

– Que perguntinha?

– Do sentimento agradável do cônjuge ao abrir o cofrinho, senhor.

– Ah, o que tenho a ver com isso! – Veltchanínov abanou os braços, bilioso, levantou-se e começou a andar pelo quarto.

– Aposto que agora o senhor está pensando: "Que porco você é para mostrar os próprios chifres", he, he! Um homem enjoadíssimo... o senhor!

– Não estou pensando nada. Pelo contrário, o senhor é que está irritado demais com a morte de seu ofensor e, além disso, bebeu muito vinho. Não vejo nada de extraordinário nisso tudo; entendo muito bem por que precisava de Bagaútov vivo, e estou pronto a respeitar seu desgosto; mas...

– Mas por que eu precisava de Bagaútov vivo, na sua opinião?

– É problema seu.

– Aposto que o senhor pensou em duelo.

– Que diabo! – Veltchanínov continha-se cada vez menos. – Achava que, como todo homem honrado... nesses casos, não se rebaixasse à tagarelice cômica, a requebros estúpidos, a queixas ridículas e alusões torpes, com as quais se emporcalha ainda mais, mas agisse de forma clara, direta, aberta, como um homem honrado!

– He, he, sim, talvez eu não seja um homem honrado, senhor?

– Novamente, é problema seu... e, aliás, por que diabos, depois disso, o senhor precisava de Bagaútov vivo?

– Só para olhar para um amigo, senhor. Pegaríamos uma garrafa e beberíamos juntos.

– Ele não beberia com o senhor.

– Por quê? *Noblesse oblige*? Afinal, o senhor está bebendo comigo; no que ele é melhor do que o senhor?

– Eu não bebi com o senhor.

– Por que tamanho orgulho repentino?

Veltchanínov de repente desatou a gargalhar, nervoso e irritado:

– Arre, diabo! Decididamente, o senhor é um "tipo de rapina", e eu achava que fosse apenas um "eterno marido" e nada mais!

– O que é isso de "eterno marido"? – Pável Pávlovitch, de repente, ficou de ouvido atento.

– Bem, um tipo de marido... é uma longa história. Melhor ir embora, está na sua hora; já me encheu!

– E o que é rapina? O senhor disse rapina?

— Disse que o senhor é um "tipo de rapina" – falei por zombaria.

— Que "tipo de rapina" eu sou? Diga, por favor, Aleksei Ivánovitch, pelo amor de Deus ou pelo amor de Cristo.

— Mas agora basta, basta! – Veltchanínov pôs-se a gritar, de repente voltando a ficar terrivelmente irritado. – Está na sua hora, vá!

— Não, não basta, senhor! – saltou Pável Pávlovitch. – Mesmo que eu o tenha enchido, não basta, pois ainda temos que beber e brindar juntos antes disso! Bebamos, daí eu vou embora, mas agora não basta!

— Pável Pávlovitch, o senhor pode ir hoje para o diabo, ou não?

— Posso ir para o diabo, senhor, mas primeiro bebemos! O senhor disse que não queria exatamente *comigo*: bem, mas *eu quero* que o senhor beba exatamente comigo!

Já não se crispava mais, já não dava risinhos. Tudo nele novamente pareceu transfigurar-se de súbito e era tão oposto a toda a figura e à voz do Pável Pávlovitch de ainda agora que Veltchanínov ficou decididamente desconcertado.

— Ei, vamos beber, Aleksei Ivánovitch, ei, não recuse! – prosseguiu Pável Pávlovitch, agarrando-o firmemente pela mão e fitando-o estranhamente na cara. Pelo visto, não era questão apenas de beber.

— Sim, talvez – o outro balbuciou –, mas onde... isso aí está intragável...

— Sobrou justamente para dois copos, é mesmo intragável, senhor, mas vamos beber e brindar! Tome, tenha a bondade de aceitar o seu copo.

Brindaram e beberam.

— Bem, se é assim, se é assim... ah! – Pável Pávlovitch de repente botou a mão na testa e ficou uns instantes nessa posição. Veltchanínov teve a impressão de que ele logo pronunciaria a *última* palavra. No entanto, Pável Pávlovitch não pronunciou nada; apenas olhou para ele e, em silêncio, mas com toda a boca, abriu novamente o sorriso astuto e sugestivo de antes.

— O que quer de mim, seu bêbado? Está me fazendo de bobo? – gritou Veltchanínov, frenético, batendo os pés.

– Não grite, não grite, para que gritar? – Pável Pávlovitch agitou os braços, apressado. – Não o estou fazendo de bobo, não estou. O senhor sabe o que virou para mim agora.

E, de repente, agarrou-lhe a mão e beijou. Veltchanínov não conseguiu voltar a si.

– Veja o que o senhor é para mim agora! E agora, vou para todos os diabos!

– Espere, pare! – gritou Veltchanínov, voltando a si. – Esqueci de lhe dizer...

Pável Pávlovitch voltou-se, à porta.

– Veja – murmurou Veltchanínov, extraordinariamente rápido, corando e olhando para outro lado –, amanhã o senhor deve ir sem falta aos Pogoréltsevs, apresentar-se e agradecer. Sem falta...

– Sem falta, sem falta, como não entender, senhor! – atalhou Pável Pávlovitch, com prontidão extraordinária, abanando rapidamente as mãos, para mostrar que não precisava que o lembrassem.

– Além disso, Liza espera-o muito. Eu prometi.

– Liza... – Pável Pávlovitch voltou a virar-se, de repente. – Liza? O senhor sabe o que Liza era para mim, era e é, senhor? Era e é! – gritou, de repente, quase em frenesi. – Mas... He! Fica para depois; tudo será depois, senhor... E agora... é pouco termos bebido juntos, Aleksei Ivánovitch, preciso de outro prazer!...

Colocou o chapéu na cadeira e, como há pouco, ofegante, olhou para ele.

– Beije-me, Aleksei Ivánovitch – propôs, de repente.

– O senhor está bêbado? – gritou o outro e recuou.

– Sim, senhor, mesmo assim me beije, Aleksei Ivánovitch, ei, beije! Afinal, já beijei a sua mãozinha!

Aleksei Ivánovitch ficou alguns instantes em silêncio, como se tivesse levado uma paulada na testa. Mas, de repente, inclinou-se para Pável Pávlovitch, que lhe batia no ombro, e beijou-o nos lábios, que exalavam um cheiro muito forte de álcool. Aliás, não estava completamente seguro de tê-lo beijado.

– Bem, agora, agora... – voltou a gritar, com frenesi bêbado, Pável Pávlovitch, cintilando os olhos bêbados –, agora é o seguinte: então eu pensei "Será que esse também? Se esse também, em quem vou acreditar depois disso?".

Pável Pávlovitch debulhou-se em lágrimas de repente.

– Então agora o senhor entende que amigo virou para mim?

E saiu correndo do quarto, com seu chapéu. Veltchanínov voltou a ficar parado no lugar por alguns minutos, como após a primeira visita de Pável Pávlovitch.

"Ah, é um palhaço bêbado e nada mais!", e abanou o braço.

"Decididamente, nada mais!", repetiu, enérgico, quando já estava despido e deitado na cama.

LIZA DOENTE

Na manhã do dia seguinte, à espera de Pável Pávlovitch, que prometera não atrasar, para ir aos Pogoréltsevs, Veltchanínov andou pelo quarto, bebericou seu café, fumou e, a cada minuto, conscientizava-se de que parecia alguém que acordara de manhã e a cada instante lembrava-se da bofetada que recebera na véspera. "Hum... ele entende muito bem qual é a questão e vai se vingar de mim em Liza!", pensou, em pânico.

A gentil imagem da pobre criança cintilou com tristeza na sua frente. Seu coração palpitava mais forte com a ideia de que, naquele mesmo dia, logo, dentro de duas horas, voltaria a ver *sua* Liza. "Ah, que dizer!", decidiu, com ardor. "Agora, nisso está toda a minha vida, todo o meu objetivo! De que valem todas essas bofetadas e recordações? E para que apenas vivi até agora? Desordem e tristeza... mas agora tudo é diferente, tudo é de outro jeito!"

Mas, apesar de seu arroubo, ficava cada vez mais pensativo.

"Vai me torturar por meio de Liza, isso é claro! E vai torturar Liza. Assim vai dar cabo de mim, por *tudo*. Hum... sem dúvida, não posso permitir ataques como o de ontem da parte dele", corou, de repente. "E... e, contudo, ele não vem, e já são onze horas!"

Esperou por muito tempo, até meio-dia e meia, e sua angústia crescia cada vez mais. Pável Pávlovitch não aparecia. Por fim, a ideia que muito lhe remexia, de que o outro não vinha de propósito, apenas para cometer mais um ataque como o da véspera, irritou-o definitivamente: "Sabe que dependo dele, e o que agora será de Liza? Como vou aparecer na frente dela sem ele?"

Por fim, não aguentou e, à uma em ponto, partiu para Pokrov. No quarto dele, informaram que Pável Pávlovitch não pernoitara em casa, mas viera apenas às oito, permanecera uns quinze minutos e voltara a sair. Veltchanínov ficou parado na porta do aposento de Pável Pávlovitch, ouvia o que a empregada lhe dizia e, maquinalmente, girava a maçaneta da porta trancada, puxando-a para a frente e para trás. Voltando a si, cuspiu, largou a tranca e pediu que fosse levado a Mária Syssóevna. Mas aquela, ao ouvir falar dele, já viera ao seu encontro, de bom grado.

Era uma mulher boa, "uma mulher de sentimentos nobres", como se referiu posteriormente a ela Veltchanínov, ao relatar sua conversa a Klávdia Petrovna. Após interrogá-lo brevemente sobre como levara na véspera a "menina", Mária Syssóevna imediatamente começou a falar de Pável Pávlovitch. Em suas palavras, se não fosse pela criancinha, tê-lo-ia expulsado há tempos. Tinham-no mandado do hotel para lá, porque fazia muito escândalo. Ora, não era pecado passar a noite com uma rapariga, quando lá havia uma criancinha consciente? Gritava: "Essa é que vai ser a sua mãe, se eu quiser!" E acredite que a outra, embora fosse uma rapariga, cuspiu-lhe na fuça. Ele gritava: "Você não é minha filha, é uma bastarda".

– O que é isso? – assustou-se Veltchanínov.

– Eu mesma ouvi. Mesmo estando bêbado, como que inconsciente, não se deve fazer isso diante de uma criança; apesar da pouca idade, ela tem cabeça para entender! E a menina chorava, completamente, eu via que se atormentava. E outro dia, aqui, no nosso pátio, houve um pecado: um comissário, ou algo do gênero, pelo que diziam as pessoas, alugou um quarto à noite e, de manhã, enforcou-se. Dizem que malversou dinheiro. O povo corria, Pável Pávlovitch não estava em casa, e a menina vagava abandonada, olhei e ela estava no corredor, no meio do povo, espiando detrás dos outros, olhando para o enforcado de um jeito esquisito. Levei-a embora rápido. O que você acha: tremia todinha, ficou toda preta e, assim que a trouxe, desabou. Debatia-se e se debatia, a custo voltou a si. Eram cãibras, ou o que for, e desde então começou a adoecer. Ele ficou sabendo, veio e beliscou-a toda, porque ele não bate tanto, mas prefere beliscar, e depois entornou uma bebidinha, veio e assustou-a: "Também vou me enforcar, vou me enforcar por sua causa; nesse cordão mesmo, vou me enforcar na cortina" e fez um laço na frente dela. Ela ficou fora de si; gritava, envolvia-o com os bracinhos: "Não faço mais, não faço nunca mais". Que dó!

Embora esperasse algo de muito estranho, Veltchanínov ficou tão impactado com essa narrativa que nem acreditou. Mária Syssóevna contou muito mais coisa. Houve, por exemplo, uma ocasião em que, se não fosse por Mária Syssóevna, Liza talvez tivesse se jogado da janela. Saiu do quarto como se estivesse bêbado. "Mato-o a pauladas, como um cão, na cabeça!", devaneava. E ficou longamente repetindo isso para si.

Tomou uma caleche e dirigiu-se aos Pogoréltsevs. Ainda antes de sair da cidade, a caleche teve que parar em um cruzamento, junto a uma pontinha sobre uma vala, que era atravessada por um grande cortejo fúnebre. De um e de outro lado da ponte, apertavam-se alguns veículos à espera; as pessoas também pararam. O funeral era rico, o séquito de carruagens a passar era muito longo e eis que, na janelinha de uma delas faiscou de repente, na frente de Veltchanínov, o rosto de Pável Pávlovitch. Não teria acreditado se Pável Pávlovitch não tivesse assomado à janela e lhe meneado a cabeça, sorrindo. Pelo visto, estava terrivelmente contente por ter reconhecido Veltchanínov; começou até a acenar da carruagem, com a mão. Veltchanínov saltou da caleche e, apesar do aperto, dos policiais e da carruagem de Pável Pávlovitch já ter entrado na ponte, correu até a janelinha. Pável Pávlovitch ia sozinho.

– O que foi? – gritou Veltchanínov. – Por que não veio? Como está aqui agora?

– Estou cumprindo um dever. Não grite, não grite. Estou cumprindo um dever – Pável Pávlovitch deu um risinho, apertando os olhos alegremente –, acompanhar os restos mortais de meu amigo sincero, Stepan Mikháilovitch.

– Tudo isso é um absurdo, seu bêbado, seu louco! – Veltchanínov gritou ainda mais forte, depois de um momento de perplexidade. – Saia já e venha comigo. Venha já!

– Não posso, senhor, o dever...

– Vou arrastá-lo! – berrou Veltchanínov.

– E eu vou gritar! E eu vou gritar! – Pável Pávlovitch continuava com o mesmo risinho alegre, como se fosse uma brincadeira, escondendo-se, aliás, no canto de trás da carruagem.

– Cuidado, cuidado, vão esmagá-lo! – gritou um policial.

De fato, na descida da ponte, uma carruagem estranha causava inquietação, rompendo o cortejo. Veltchanínov foi forçado a afastar-se de um salto; outros veículos e as pessoas imediatamente empurraram-no para ainda mais longe. Ele cuspiu e regressou à sua caleche.

"Tanto faz, esse aí não dava para levar desse jeito!", pensou, com pasmo e inquietude prolongados.

Quando transmitiu a Klávdia Petrovna o relato de Mária Syssóevna e o estranho encontro no funeral, essa ficou bem cismada:

– Temo pelo senhor – disse. – Deveria interromper todas as relações com ele, e, quanto antes, melhor.

– É um palhaço bêbado e nada mais! – gritou Veltchanínov, colérico. – Não vou ter medo dele! E como romper relações quando há Liza? Lembre-se de Liza!

Enquanto isso, Liza caíra de cama; na noite anterior, começara a ter febre, e esperavam um célebre médico da cidade, que tinham mandado buscar logo cedo. Tudo isso deixou Veltchanínov definitivamente transtornado. Klávdia Petrovna levou-o à doente.

– Ontem, observei-a bastante – disse, parando diante do quarto de Liza. – É uma criança orgulhosa e sombria; tem vergonha de estar aqui e de o pai tê-la largado desse jeito; essa é toda a doença, na minha opinião.

– Como largou? Por que a senhora acha que largou?

– Apenas como a deixou vir para cá, uma casa absolutamente desconhecida, e com um homem... também quase desconhecido, ou com o qual tem relações tais...

– Mas fui eu quem a pegou. Peguei à força; não acho...

– Ah, meu Deus, quem acha é Liza, a criança! Na minha opinião, ele simplesmente nunca virá.

Ao ver Veltchanínov sozinho, Liza não se surpreendeu; apenas deu um sorriso dorido e virou a cabeça ardente de febre para a parede. Não respondeu aos confortos tímidos e às ardentes promessas de Veltchanínov de trazer seu pai no dia seguinte. Ao sair do quarto dela, ele de repente pôs-se a chorar.

O médico só veio ao entardecer. Após examinar a doente, inicialmente assustou todos com a observação de que deviam tê-lo chamado antes. Quando lhe informaram de que a paciente adoecera apenas na noite da véspera, ele inicialmente não acreditou. "Tudo depende de como passar esta noite", decidiu, por fim, e, após dar suas ordens, partiu, prometendo vir no dia seguinte, ao raiar do dia. Veltchanínov quis ficar para passar a noite, sem falta; mas a própria Klávdia Petrovna pediu-lhe para mais uma vez "tentar trazer para cá aquele verdugo".

– Mais uma vez? – proferiu Veltchanínov, atônito. – Pois agora vou amarrá-lo e trazê-lo nos braços!

A ideia de amarrar e trazer Pável Pávlovitch nos braços de repente apossou-se dele até o extremo da impaciência. "Agora não me sinto culpado perante ninguém, ninguém!", disse a Klávdia Petrovna, ao despedir-se dela. "Repudio todas as palavras baixas e choronas que disse aqui ontem!", acrescentou, com indignação.

Liza estava deitada, de olhos fechados e, pelo visto, dormia; parecia ter melhorado. Quando Veltchanínov inclinou-se cuidadosamente sobre sua cabecinha, para, ao se despedir, beijar pelo menos a pontinha de seu vestido, ela de repente abriu os olhos, como se o aguardasse, e sussurrou: "Leve-me embora".

Foi um pedido calmo, dorido, sem nenhum matiz da irritação da véspera, mas também soava como se ela mesma estivesse plenamente convicta de que tal pedido não seria atendido. Mal Veltchanínov, completamente desesperado, começou a assegurar-lhe de que aquilo não era possível, ela cerrou os olhos em silêncio e não proferiu mais nenhuma palavra, como se não o ouvisse nem visse.

Entrando na cidade, mandou que o levassem diretamente a Pokrov. Já eram dez horas; Pável Pávlovitch não estava no quarto. Veltchanínov esperou-o por uma boa meia hora, perambulando pelo corredor com impaciência doentia. Mária Syssóevna, por fim, assegurou-lhe de que ele, Pável Pávlovitch, só voltaria de manhã, ao raiar do dia. "Então virei ao raiar do dia", decidiu Veltchanínov e, fora de si, dirigiu-se para casa.

Mas qual não foi sua surpresa quando, ainda antes de entrar em casa, ouviu de Mavra que o visitante da véspera o aguardava desde as nove horas.

"Tomou chá, e mandou buscar novamente o mesmo vinho, e deu uma nota azul[11]."

---

11 Cinco rublos. (N. T.)

O FANTASMA

Pável Pávlovitch instalara-se de um modo extraordinariamente confortável. Sentara-se na cadeira da véspera, fumava *papirossas* e acabara de se servir do quarto e último copo da garrafa. A chaleira e o copo com o chá que não tomara até o fim estavam na mesa ao seu lado. Seu rosto vermelho irradiava placidez. Tinha até tirado o fraque e estava de colete, à moda do verão.

– Perdão, fidelíssimo amigo! – gritou ao avistar Veltchanínov e dando um pulo para vestir o fraque. – Eu tirei para saborear melhor o momento...

Veltchanínov aproximou-se dele, ameaçador.

– Ainda não está completamente bêbado? Ainda dá para falar com o senhor?

Pável Pávlovitch ficou pasmado.

– Não, não completamente... Bebi à memória do finado, mas não completamente, senhor...

– Está me entendendo?

– Vim para entendê-lo, senhor.

– Então começo dizendo diretamente que o senhor é um miserável! – gritou Veltchanínov, com voz entrecortada.

– Se está começando assim, senhor, como vai terminar? – Pável Pávlovitch, visivelmente bastante acovardado, ensaiou um protesto tímido, mas Veltchanínov gritou, sem ouvir:

– Sua filha está morrendo, ficou doente. O senhor a abandonou ou não?

– Está mesmo morrendo, senhor?

– Está doente, doente, uma doença extraordinariamente grave!

– Talvez seja um pequeno acesso, senhor...

– Não diga absurdos! É uma doença ex-tra-or-di-na-ria-men-te grave! O senhor devia ir até lá, nem que fosse...

– Para agradecer, senhor, para agradecer pela hospitalidade! Entendo muito bem, senhor! Aleksei Ivánovitch, meu querido, meu perfeito... – Agarrou-o de repente pela mão, com ambas as mãos, e, com sentimentalismo de bêbado, quase em lágrimas, gritou, como se pedisse perdão: – Aleksei Ivánovitch, não grite, não grite! Que morra eu, que caia de bêbado no Nevá, qual o resultado disso, no significado verdadeiro das coisas, senhor? E sempre teremos tempo de ir à casa do senhor Pogoréltsev...

Veltchanínov caiu em si e conteve-se um tiquinho.

– Está bêbado, por isso não entende em que sentido está falando – observou, severo. – Estou sempre pronto a me explicar com o senhor; ficaria feliz se fosse o quanto antes... Eu até ia... Mas, antes de tudo, fique sabendo que vou tomar medidas: hoje o senhor deve pernoitar aqui em casa! Amanhã de manhã, eu o levo, e nós vamos. Não o soltarei! – voltou a berrar. – Vou amarrá-lo e levá-lo nos braços!... Esse sofá é confortável? – indicou-lhe, ofegante, o sofá amplo e macio que ficava na frente do sofá em que ele mesmo dormia, junto à outra porta.

– Perdão, em qualquer lugar, senhor, eu...

— Em qualquer lugar não, nesse sofá! Tome, aqui está seu lençol, cobertor, travesseiro. — Veltchanínov tirava isso tudo do armário e, apressado, jogava para Pável Pávlovitch, que estendia os braços, submisso. — Faça agora a cama, fa-ça já!

Todo carregado, Pável Pávlovitch estava parado no meio do quarto, aparentando indecisão, com um largo sorriso bêbado no rosto bêbado; porém, ao segundo grito de ameaça de Veltchanínov, lançou-se à tarefa com todas as forças, afastou a mesa e, resfolegando, pôs-se a estender e arrumar o lençol. Veltchanínov foi em seu auxílio; estava parcialmente satisfeito com a submissão e temor de seu hóspede.

— Termine de beber seu copo e deite-se — voltou a comandar; sentia que não tinha como não comandar. — Foi o senhor que mandou buscar vinho?

— Fui eu mesmo, senhor... Eu, Aleksei Ivánovitch, sabia que o senhor não mandaria buscar mais.

— Que bom que o senhor sabia, mas precisa saber mais. Declaro-lhe mais uma vez que agora tomei medidas: não suportarei mais suas caretas, não suportarei os beijos bêbados de ontem!

— Entendo, Aleksei Ivánovitch, que tudo aquilo só era possível uma vez — Pável Pávlovitch deu um risinho.

Ao ouvir a resposta, Vetlchanínov, que marchava pelo quarto, de repente parou quase que solenemente diante de Pável Pávlovitch:

— Pável Pávlovitch, fale de forma direta! O senhor é inteligente, volto a reconhecê-lo, mas asseguro-lhe de que está em um caminho mentiroso! Fale de forma direta, aja de forma direta, e lhe dou a palavra de honra que responderei a tudo que quiser!

Pável Pávlovitch voltou a dar seu sorriso largo, que já enfurecia muito Veltchanínov.

— Espere! — este voltou a gritar. — Não finja, eu o vejo do avesso! Estou repetindo: dou-lhe palavra de honra de que estou pronto a responder-lhe *tudo,* e o senhor receberá toda satisfação possível, ou melhor, toda, mesmo, inclusive a impossível! Oh, como eu queria que o senhor me entendesse!

– Se tem tamanha bondade, senhor – Pável Pávlovitch acercou-se dele cuidadosamente –, ontem fiquei muito interessado na alusão que o senhor fez a um tipo de rapina!...

Veltchanínov cuspiu e novamente se pôs a caminhar pelo quarto, ainda mais rápido.

– Não, senhor, Aleksei Ivánovitch, não cuspa, pois fiquei muito interessado, e vim justamente para verificar... Minha língua está enrolada, mas o senhor vai me perdoar. Li sobre o tipo "de rapina" e o "pacífico" em uma revista, na seção de crítica, senhor, lembrei-me hoje de amanhã... Só que esqueci, senhor, e, na verdade, mesmo então não entendi. E justamente queria esclarecer: Stepan Mikháilovitch Bagaútov, o falecido, o que ele era, um tipo "de rapina" ou "pacífico"? Como devemos contá-lo, senhor?

Veltchanínov continuava sempre calado, sem parar de caminhar.

– O tipo de rapina é aquele – parou, de repente, em fúria –, é aquele homem que antes teria envenenado o copo de Bagaútov ao "tomar champanhe" com ele, em nome de seu encontro prazeroso, como o senhor ontem tomou comigo, mas não acompanharia seu caixão até o cemitério, como ontem o senhor fez, sabe o diabo com que aspirações ocultas, subterrâneas e vis, e com afetações que emporcalham o senhor mesmo! O senhor mesmo!

– Verdade que não iria – confirmou Pável Pávlovitch –, mas não é o caso de o senhor...

– Um homem desses – exaltava-se e gritava Veltchanínov, sem ouvir – não se arvora em Deus sabe o quê, nao faz as contas da retidão e da justiça, não recita sua ofensa como se fosse uma lição, não fica lamuriando, fazendo trejeitos, requebrando, pendurando-se nos pescoços das pessoas e, quando você vai olhar, empregou todo o seu tempo nisso! Verdade que o senhor queria se enforcar? Verdade?

– De porre, talvez tenha delirado. Não me lembro, senhor. Aleksei Ivánovitch, é indecente para mim colocar veneno. Além de ser um funcionário de boa conta, possuo também um capital, e pode ser que ainda queira voltar a me casar.

– Sim, e há também os trabalhos forçados.

– Sim, senhor, há também essa contrariedade, embora hoje, nos tribunais, encontrem-se muitas circunstâncias atenuantes. Há pouco, no carro, lembrei-me de uma anedotinha engraçadinha, que gostaria de contar-lhe, Aleksei Ivánovitch. Pois agora o senhor disse: "Fica se pendurando nos pescoços das pessoas". Talvez se lembre de Semión Petróvitch Livtsov, que veio à nossa casa, em T*, na sua época; bem, seu irmão caçula, igualmente um jovem de São Petersburgo, servia em V*, junto ao governador, e também brilhava, com diversas qualidades. Discutiu certa vez com Golubenko, um coronel, em uma reunião, na presença de damas e da dama de seu coração, e considerou-se ofendido, mas engoliu a ofensa e guardou-a; Golubenko, enquanto isso, roubou-lhe a dama do coração e pediu-lhe a mão. O que o senhor acha? Esse Livtsov travou amizade até sincera com Golubenko, fez as pazes completamente e, ainda por cima, ofereceu-se para ser seu padrinho, segurou-lhe a coroa[12] e, assim que saíram do casamento, foi cumprimentar e beijar Golubenko, e, diante de toda a sociedade nobre, e diante do governador, de fraque e cabelo frisado, meteu a faca na barriga de Golubenko, que saiu rolando! O próprio padrinho, que vergonha, senhor! E ainda tem mais! O principal é que meteu a faca e lançou-se ao redor: "Ah, o que eu fiz? Ah, o que foi que eu fiz?", debulhava-se em lágrimas, sacudia, jogava-se no pescoço de todos, inclusive das damas: "Ah, o que eu fiz? Ah, o que foi que eu fiz agora?" He, he, he! Que engraçado. Só dá pena de Golubenko; mas ele também se recuperou, senhor.

---

12 Na cerimônia ortodoxa de casamento, os padrinhos seguram coroas acima das cabeças dos noivos. (N. T.)

— Não vejo para que me contou isso. – Veltchanínov ficou severamente carrancudo.

— Pois, além de ter mesmo enfiado a faca – Pável Pávlovitch deu um risinho –, ele, evidentemente, não era um tipo, senhor, mas um mosca-morta que, de medo, esqueceu o decoro e jogou-se nos pescoços das damas na presença do governador e, afinal, enfiou a faca, conseguiu o que queria! Foi só por isso, senhor.

— Vá pa-ra o diabo – Veltchanínov berrou, com uma voz que não era a sua, como se algo arrebentasse dentro de si –, vá, com todo esse seu lixo subterrâneo, e o senhor mesmo é um lixo do subterrâneo... inventou de me assustar... seu torturador de criança, homem baixo... calhorda, calhorda, calhorda! – gritava, sem entender a si mesmo e ofegando a cada palavra.

Pável Pávlovitch estremeceu todo, até a embriaguez passou; seus lábios estavam trêmulos:

— É a mim que está chamando de calhorda, Aleksei Ivánovitch, *o senhor, e a mim?*

Mas Veltchanínov já voltara a si.

— Estou pronto para me desculpar – respondeu, após ficar calado, em meditação sombria –, mas apenas no caso de que agora mesmo o senhor queira agir de forma direta.

— Mas eu, em seu lugar, iria me desculpar em qualquer caso, Aleksei Ivánovitch.

— Está bem, que seja – disse Veltchanínov, depois de ficar um pouco mais calado –, peço-lhe desculpas; mas o senhor há de convir, Pável Pávlovitch, que depois disso tudo não considero ter mais nenhuma obrigação para com o senhor, quer dizer, estou falando com relação a nossos negócios, e não a esse caso único de agora.

— Tudo bem, para que acertar contas? – Pável Pávlovitch deu um risinho, olhando, todavia, para o chão.

— Se é assim, melhor, melhor! Termine de tomar o seu vinho e deite-se, pois de qualquer forma não o soltarei...

– Para que o vinho, senhor? – Pável Pávlovitch pareceu confuso, contudo foi até a mesa e se pôs a tomar o último copo, que já enchera há tempos. Talvez já tivesse bebido muito antes, de modo que agora sua mão tremia, e ele derramou uma parte do vinho no chão, na camisa e no colete, mas mesmo assim tomou até o fim, como se não pudesse deixar restos e, pousando polidamente o copo esvaziado na mesa, dirigiu-se submisso a seu leito, para se despir.

– Mas não seria melhor... não passar a noite aqui? – afirmou, diferente, quando já tinha tirado uma bota e a segurava.

– Não, não seria! – respondeu, irado, Veltchanínov, caminhando incansavelmente pelo quarto, sem olhar para ele.

O outro se despiu e se deitou. Em um quarto de hora, Veltchanínov também se deitou e apagou a vela.

Adormeceu de forma intranquila. Algo de novo, que embaralhava ainda mais o *negócio*, de repente surgia de algum lugar, perturbava-o agora, e ele sentia ao mesmo tempo que havia algo de vergonhoso nessa perturbação. Estava prestes a adormecer quando um ruído o despertou de repente. Olhou de imediato para o leito de Pável Pávlovitch. O quarto estava escuro, as cortinas estavam descerradas por completo, mas ele teve a impressão de que Pável Pávlovitch não estava deitado, mas se levantara e estava sentado no leito.

– O que foi? – chamou Veltchanínov.

– Uma sombra – proferiu Pável Pávlovitch, de forma quase inaudível, após esperar um pouco.

– Como assim, que sombra?

– Lá, no outro quarto, na porta, acho que vi uma sombra, senhor.

– A sombra de quem? – perguntou Veltchanínov, após breve silêncio.

– De Natália Vassílievna, senhor.

Veltchanínov subiu no tapete e olhou, através da antessala, para o outro quarto, cuja porta sempre ficava aberta. Lá não havia cortinas nas janelas, apenas corrediças, e, por isso, era bem mais iluminado.

– Não há nada naquele quarto, e o senhor está bêbado. Deite-se! – Veltchanínov disse, deitou-se e enrolou-se no cobertor. Pável Pávlovitch não disse palavra e também se deitou.

– E antes, o senhor nunca via sombras? – perguntou, de repente, Veltchanínov, dez minutos depois.

– Uma vez, tive a impressão de ver – Pável Pávlovitch replicou, de forma débil, após tardar. Depois, o silêncio voltou a se instaurar.

Veltchanínov não poderia dizer com certeza se dormira ou não, porém passou uma hora e, de repente, voltou a se virar: um ruído novamente o despertava. Também não sabia, mas pareceu-lhe que, no meio da completa escuridão, algo postava-se na sua frente, branco; ainda não chegara até ele, mas já estava no meio do quarto. Sentou-se na cama e ficou um minuto inteiro observando.

– É o senhor, Pavel Pávlovitch? – indagou, com voz esmorecida. Sua própria voz, ao ressoar de repente no silêncio e na escuridão, parecia-lhe de alguma forma estranha.

Não houve resposta em seguida, mas de que alguém estava postado, já não havia nenhuma dúvida.

– É o senhor... Pável Pávlovitch? – repetiu, mais alto, e tão alto que, se Pável Pávlovitch estivesse dormindo tranquilamente em seu leito, acordaria sem falta e daria uma resposta.

Mas novamente não se seguiu uma resposta e, em compensação, ele teve a impressão de que aquela figura branca, quase imperceptível, movera-se para mais perto dele. Depois ocorreu uma coisa estranha: algo de repente pareceu romper-se dentro dele, tintim por tintim como há pouco, e ele gritou, com todas as forças, com a voz mais disparatada e furiosa, ofegando praticamente a cada palavra:

– Se o senhor, palhaço bêbado, ousa apenas pensar... que pode... me assustar... viro-me para a parede, cubro-me até a cabeça e não me viro mais uma vez, a noite inteira... para lhe mostrar a importância que dou... pode ficar aí até de manhã... palhaço... cuspo no senhor!

E, cuspindo furiosamente na direção do suposto Pável Pávlovitch, virou-se de repente para a parede, enrolou-se no cobertor, como dissera, e ficou como que petrificado nessa posição, sem se mover. Instaurou-se um silêncio de morte. Se a sombra se mexera, ou ficara no lugar, ele não pôde saber, mas seu coração batia... batia... batia... Passaram pelo menos uns bons cinco minutos; e, de repente, a dois passos dele, ouviu-se a voz fraca e absolutamente queixosa de Pável Pávlovitch:

– Aleksei Ivánovitch, levantei-me para procurar... – e designou um objeto caseiro necessário –, não achei comigo... quis dar uma olhada, de mansinho, ao seu lado, junto à cama, senhor...

– Por que então se calou... quando eu gritei? – perguntou Veltchanínov, com voz entrecortada, após meio minuto de espera.

– Assustei-me, senhor. O senhor gritou de um jeito... e eu me assustei.

– Lá, no canto da esquerda, perto da porta, no armarinho, acenda a vela...

– Vou sem vela mesmo, senhor... – proferiu, resignado, Pável Pávlovitch, dirigindo-se para o canto. – Desculpe-me, Aleksei Ivánovitch, por tê-lo perturbado... Fiquei tão bêbado, muito de repente...

Mas o outro já não respondeu. Continuava deitado de cara para a parede e ficou assim a noite inteira, sem se virar uma vez sequer. Tinha tanta vontade de cumprir sua palavra e mostrar ao fantasma? Ele mesmo não sabia o que lhe passava; seu desarranjo nervoso, por fim, converteu-se quase em delírio, e ele ficou muito tempo sem conseguir dormir. Ao acordar, na manhã seguinte, às nove horas, pulou de repente e sentou-se na cama, como se o empurrassem, mas Pável Pávlovitch não estava mais no quarto! Restava apenas o leito vazio e desarrumado, e o próprio escapulira ao raiar do dia.

– Eu sabia! – Veltchanínov bateu com a mão na testa.

NO CEMITÉRIO

 Os receios do médico justificaram-se, e Liza ficou pior de repente, mal de um jeito que Veltchanínov e Klávdia Petrovna não imaginaram na véspera. De manhã, Veltchanínov surpreendeu a paciente ainda consciente, embora ardesse toda em febre; asseverou, mais tarde, que ela lhe sorriu e até lhe estendeu a mãozinha quente. Não teve como verificar se aquilo fora verdade ou se o imaginara sem querer, à guisa de consolo; ao anoitecer, a paciente já estava inconsciente, o que se prolongou por toda a sua doença. No décimo dia após sua chegada à dacha, ela morreu.

 Foi uma época amarga para Veltchanínov; os Pogrebéltsevs chegaram a temer por ele. Passou a maior parte desses dias duros na casa deles. Nos derradeiros dias da doença de Liza, ficava horas inteiras sentado sozinho, em um canto e, pelo visto, não pensava em nada; Klávdia Petrovna ia distraí-lo, mas ele respondia pouco, às vezes visivelmente incomodado por falar com ela. Klávdia Petrovna nem ao menos esperava que "tudo isso produzisse tamanha impressão" nele. As crianças distraíam-no muito mais; com elas, às vezes até ria; porém, quase a cada hora erguia-se da cadeira e ia espiar a doente na ponta dos pés. Às vezes, parecia-lhe que ela o reconhecia. Como todos, não tinha nenhuma esperança no restabelecimento, mas não se afastava do quarto em que Liza morreu, e normalmente ficava no quarto ao lado.

Aliás, nesses dias, por duas vezes manifestou, de repente, uma atividade extraordinária; de repente levantou-se, precipitou-se para os médicos de São Petersburgo, chamou os mais famosos e montou uma junta. A segunda e última junta foi na véspera da morte da paciente. Três dias antes, Klávdia Petrovna falou a Veltchanínov com insistência da necessidade de, finalmente, encontrar o senhor Trussótski em algum lugar; "no caso de desgraça, não será possível sequer enterrar Liza sem ele". Veltchanínov tartamudeou que escreveria a ele. Então, o velho Pogoréltsev declarou que ele mesmo o procuraria, através da polícia. Veltchanínov escreveu, por fim, uma notificação de duas linhas e enviou-a ao hotel Pokróvski. Pável Pávlovitch, como de hábito, não estava em casa, e ele confiou a carta a Mária Syssóevna, para que lhe transmitisse.

Por fim, Liza morreu, em uma linda tarde de verão, ao pôr do sol, e só então Veltchanínov pareceu recobrar os sentidos. Quando arrumaram a morta, trajando-a com um vestidinho branco de festa de uma das filhas de Klávdia Petrovna, e colocaram-na na mesa do salão, com flores nas mãos cruzadas, ele foi até Klávdia Petrovna e, reluzindo os olhos, declarou-lhe que imediatamente traria o "assassino". Sem dar ouvidos aos conselhos de aguardar até o dia seguinte, dirigiu-se sem demora à cidade.

Sabia onde surpreender Pável Pávlovitch; não se dirigira a Petersburgo apenas atrás de médicos. Às vezes, naqueles dias, tivera a impressão de que, se levasse à moribunda Liza o pai, ela, ao ouvir sua voz, voltaria a si; então, lançou-se em sua busca como um desesperado. Pável Pávlovitch continuava hospedado no quarto de antes, mas não adiantava perguntar por ele lá: "há três dias não pernoita aqui e não vem", relatou Mária Syssóevna, "e, quando vem, casualmente, está bêbado, não fica uma hora e volta a se arrastar para fora, completamente desgrenhado". Um empregado do hotel Pokróvski informou Veltchanínov, a propósito, de que Pável Pávlovitch ainda antes frequentava umas raparigas da Avenida Voznessênski. Veltchanínov foi atrás das raparigas sem demora. Após presentes e uma refeição especial, lembraram-se de imediato daquele cliente, principalmente por causa do seu chapéu com crepe; aliás logo o insultaram, naturalmente, por não as ter mais visitado. Uma delas, Kátia, encarregou-se de "encontrar Pável Pávlovitch em qualquer hora, pois ele agora não sai da casa de Machka Prostakova, tem dinheiro que não acaba mais, e essa Machka não é velha, mas, sim, uma velhaca, já foi hospitalizada, e bastava ela, Kátia, querer e a outra iria parar agora mesmo na Sibéria, bastava dizer uma palavra". Kátia, contudo, não o encontrou dessa vez, mas prometeu com ênfase fazê-lo em uma próxima. Veltchaninov agora tinha esperança em sua colaboração.

Chegando à cidade já às dez horas, pediu-lhe que viesse sem demora, pagando a quem era de direito por sua ausência, e meteu-se à busca com ela. Ainda não sabia direito o que faria com Pável Pávlovitch: iria matá-lo por aquilo ou, simplesmente, procurava-o para informar da morte da filha e da necessidade de sua colaboração para o funeral? A primeira vez foi um fracasso: deu-se que Machka velhaca se desentendera com Pável Pávlovitch há dois dias e que um certo tesoureiro "quebrara a cabeça de Pável Pávlovitch com um banco". Em suma, procurou por muito tempo e, finalmente, só às duas da manhã, Veltchanínov, na saída de um estabelecimento que lhe tinham indicado, deparou-se com ele de forma repentina e inesperada.

Pável Pávlovitch estava sendo levado para esse estabelecimento completamente bêbado, por duas damas; uma delas segurava-o pelo braço, e atrás eram seguidos por um requerente alto e espadaúdo, que gritava a toda voz e ameaçava terrivelmente Pável Pávlovitch de alguns horrores. Gritava, entre outras coisas, que o outro "explorara e envenenara sua vida". Era uma questão, aparentemente, de dinheiro; as damas estavam muito intimidadas e apressavam-se. Ao avistar Veltchanínov, Pável Pávlovitch atirou-se em sua direção de braços abertos e gritou, como se tivesse sido esfaqueado:

– Meu irmão de sangue, defenda-me!

À vista da figura atlética de Veltchanínov, o requerente instantaneamente escafedeu-se; vitorioso, Pável Pávlovitch brandiu o punho em sua direção e berrou, em sinal de vitória; daí Veltchanínov agarrou-o furiosamente pelo ombro e, sem saber por quê, passou a sacudi-lo com ambas as mãos, fazendo-lhe os dentes bater. Pável Pávlovitch imediatamente parou de gritar e fitou seu carrasco com pavor néscio e ébrio. Provavelmente sem saber o que mais fazer com ele, Veltchanínov dobrou-o com força e fez com que se sentasse ao pé da calçada.

– Liza morreu! – disse-lhe.

Pável Pávlovitch, sempre sem tirar os olhos dele, sentou-se na calçada, apoiado por uma das damas. Entendeu, por fim, e seu rosto pareceu ficar repentinamente emaciado.

– Morreu... – sussurrou, de modo um tanto estranho. Se, em meio à embriaguez, abrira seu sorriso largo e desagradável ou se retorcera o rosto, Veltchanínov não pôde distinguir, mas, um momento depois, Pável Pávlovitch ergueu com esforço a mão direita trêmula, para fazer o sinal da cruz; a cruz, contudo, não se completou, e a mão trêmula baixou. Após esperar um pouco, ergueu-se devagar da calçada, agarrou sua dama e, apoiando nela, prosseguiu seu caminho, como que em torpor, como se Veltchanínov não estivesse ali. Mas este voltou a pegá-lo pelo ombro.

– Está entendendo, seu verdugo bêbado, que sem você não será possível enterrá-la? – gritou, ofegante.

O outro virou-lhe a cabeça.

– Da artilharia... um subtenente... lembra-se?

– O quê-ê-ê? – berrou Veltchanínov, tremendo de forma doentia.

– Esse é o pai! Procure-o... para o enterro...

– Mentiroso! – gritou Veltchanínov, como que perdido. – Faz isso por maldade... e eu sabia que você estava me preparando isso!

Sem se dar conta, ergueu o punho terrível sobre a cabeça de Pável Pávlovitch. Mais um instante e talvez o tivesse matado só com o punho; as damas guincharam e voaram para longe, mas Pável Pávlovitch nem sequer pestanejou. Um frenesi da maldade mais animal lhe desfigurava o rosto por completo.

– E você conhece, em russo – proferiu, com muito mais firmeza, quase como se não estivesse bêbado –, a palavra...? – E proferiu um palavrão impossível de ser impresso –. Pois então, que vá para este lugar! – Depois, soltou-se com força das mãos de Veltchanínov, tropeçou e quase caiu. As damas acompanharam-no dessa vez, já correndo, guinchando e quase arrastando Pável Pávlovitch consigo. Veltchanínov não os perseguiu.

No dia seguinte, à uma hora, apareceu na dacha dos Pogoréltsevs um funcionário público de meia-idade, absolutamente decoroso, de uniforme, e polidamente entregou a Klávdia Petrovna um pacote endereçado em seu nome, da parte de Pável Pávlovitch Trussótski. O pacote continha uma carta, trezentos rublos e as certidões necessárias de Liza. Pável Pávlovitch escrevia de forma breve, extraordinariamente polida e bastante decente. Agradecia bastante a Sua Excelência, Klávdia Petrovna, por sua virtuosa compaixão pela órfã que apenas Deus poderia retribuir. Mencionava vagamente que uma indisposição extrema não lhe permitia comparecer ao funeral da filha infeliz, que amara com ternura, e depositava todas as esperanças na angelical bondade de alma de Sua Excelência. Os trezentos rublos se destinavam, como a carta esclarecia mais adiante, aos funerais e despesas gerais ocasionadas pela doença. Caso sobrasse algo daquela soma, pedia da forma mais humilde e respeitosa que fosse empregada em missas pelo repouso da alma da finada Liza. O funcionário que entregou a carta não pôde explicar mais nada; de alguma de suas palavras, verificou-se que ele só se encarregara de entregar o pacote pessoalmente a Sua Excelência em razão dos insistentes pedidos de Pável Pávlovitch. Pogoréltsev ficou quase ofendido com a expressão "despesas ocasionadas pela doença" e determinou separar cinquenta rublos para o funeral, não é possível proibir um pai de enterrar sua filha, e restituir sem tardar os duzentos e cinquenta restantes ao senhor Trussótski. Por fim, Klávdia Petrovna resolveu restituir não os duzentos e cinquenta rublos, mas um recibo da igreja do cemitério pelas missas pela alma da finada jovem Elizavieta. O recibo foi entregue depois a Veltchanínov, para envio imediato; ele o mandou para o hotel pelo correio.

Após o enterro, ele desapareceu da dacha. Passou duas semanas inteiras arrastando-se pela cidade, sem nenhum objetivo, trombando nas pessoas, pensativo. Às vezes, passava dias inteiros deitado, estendido no sofá, esquecido das coisas mais corriqueiras. Os Pogoréltsevs o mandaram chamar várias vezes à sua casa; ele prometia ir e se esquecia de imediato. Klávdia Petrovna chegou a ir até ele em pessoa, mas não o encontrou em casa. O mesmo aconteceu a seu advogado; aliás, o advogado tinha algo a lhe informar: o litígio fora solucionado com muita destreza, e os oponentes concordavam com uma conciliação, mediante uma compensação bastante modesta, de uma parcela insignificante da herança disputada. Faltava receber apenas a concordância do próprio Veltchanínov. Encontrando-o por fim em casa, o advogado ficou surpreso com o extraordinário abatimento e a indiferença com que ele, ainda há pouco um cliente tão irrequieto, ouviu-o.

Chegaram os dias mais quentes de julho, mas Veltchanínov perdera a noção do tempo. Seu pesar doía-lhe na alma, como um abscesso maduro, e manifestava-se a cada instante, como um pensamento torturante e consciente. Seu principal sofrimento consistia em Liza não ter tido tempo de saber quem ele era e ter morrido sem conhecer o quão aflitivamente ele a amava! Todo o objetivo de sua vida, que faiscara diante dele sob aquela luz tão alegre, de repente apagara-se na escuridão eterna. Esse objetivo era justamente, agora pensava nisso a cada instante, que Liza, todo dia, toda hora, e por toda a vida, sentisse insistentemente seu amor por ela. "Não há objetivo mais elevado para nenhuma pessoa nem pode haver!", pensava, às vezes, em arrebatamento soturno. "Caso haja outros objetivos, nenhum deles pode ser mais santo do que este!" "Com o amor de Liza", sonhava, "eu purificaria e expiaria toda a minha vida anterior, fétida e inútil; em vez de mim, ocioso, vicioso e caduco, eu teria criado para a vida uma criatura pura e maravilhosa, e, por essa criatura, tudo me seria perdoado, e eu também perdoaria a mim mesmo por tudo."

Todos esses pensamentos *conscientes* apareciam-lhe sempre indivisíveis das recordações intensas, sempre próximas, e que sempre lhe impactavam a alma, da criança morta. Reconstituía seu rostinho pálido, relembrava cada expressão dela; recordava-a no caixão, entre as flores, e antes, inconsciente, febril, com os olhos abertos e imóveis. De repente, lembrou-se de que, quando ela já jazia na mesa, reparou que um de seus dedinhos enegrecera com a doença, sabe Deus por quê; aquilo então o impactou tanto, e ficou com tanta pena daquele pobre dedinho, que lhe passou pela cabeça, pela primeira vez, achar imediatamente e matar Pável Pávlovitch; até então, "estava como que insensível". Fora o orgulho ou a ofensa que torturara aquele coraçãozinho infantil, três meses sofrendo com o pai, que, de repente, trocara o amor pelo ódio, ofendia-a com palavras de desprezo, ria-se de seu medo e largara-a, por fim, com pessoas estranhas? Imaginava tudo isso incessantemente, e variava de mil maneiras. "Sabe o que Liza era para mim?", recordou, de repente, a exclamação de Trussótski, bêbado, e sentiu que aquela exclamação não era mais afetação, porém verdade, e de que nela havia amor. "Como esse verdugo pode ter sido tão cruel para com a criança que tanto amava, será possível?" Mas toda vez abandonava rápido essa questão, como se a afugentasse; havia algo de terrível nessa questão, algo de insuportável para ele, e insolúvel.

 Certo dia, quase sem entender como, foi dar no cemitério em que Liza estava enterrada e procurou sua pequena sepultura. Não estivera no cemitério nenhuma vez desde o enterro; tinha a impressão de que seria tormento demais e não ousara ir. Mas, estranhamente, quando deixou-se cair sobre sua pequena sepultura e beijou-a, ficou, de repente, mais aliviado. Era uma tarde clara, o sol se punha; ao redor, perto da sepultura, crescia uma grama verde, suculenta; uma abelha zumbia, não muito distante da roseira selvagem; as flores e as coroas, deixadas por Klávdia Petrovna e pelos filhos na pequena sepultura após o funeral, jaziam ali, com as folhinhas meio caídas. Até mesmo uma certa esperança animava-lhe o coração, após muito tempo. "Que alívio!", pensou, sentindo o silêncio do cemitério e olhando para o céu claro e tranquilo. Um afluxo de fé pura e plácida em algo lhe encheu a alma. "Foi Liza quem me mandou, é ela falando comigo", pensou.

 Já havia escurecido por completo quando ele voltou do cemitério para casa. Não muito longe dos portões do cemitério, no caminho, em uma casinha baixa de madeira, havia algo como uma bodega ou taverna; pelas janelas abertas, avistavam-se os clientes, sentados às mesas. De repente, pareceu-lhe que um deles, instalado bem à janela, era Pável Pávlovitch, que também o via e o observava da janelinha com curiosidade. Seguiu adiante e logo ouviu que vinham atrás dele; corriam atrás dele, e era de fato Pável Pávlovitch; a expressão pacífica do rosto de Veltchanínov devia tê-lo atraído e incentivado ao fitar pela janelinha. Ao emparelhar com o outro, acanhado, sorriu, mas já não com o sorriso bêbado de antes; não estava nem um pouco embriagado.

 – Olá – disse.

 – Olá – respondeu Veltchanínov.

PÁVEL PÁVLOVITCH SE CASA

Ao responder a esse "olá", espantou-se consigo. Pareceu-lhe terrivelmente estranho encontrar agora, absolutamente sem raiva, aquele homem e que, em seus sentimentos para com ele, naquele minuto, houvesse algo totalmente novo e até mesmo uma ânsia por algo novo.

– A noite está tão agradável – afirmou Pável Pávlovitch, fitando-o nos olhos.

– O senhor ainda não foi embora – proferiu Veltchanínov, como se não perguntasse, mas apenas refletisse e continuasse a caminhar.

– Demorei-me, porém obtive o posto. E com a promoção, senhor. Vou embora depois de amanhã, com certeza.

– Obteve o posto? – dessa vez, ele já perguntava.

– E por que não, senhor? – retorceu-se, de repente, Pável Pávlovitch.

– Foi só um jeito de dizer... – justificou-se Veltchanínov e, franzindo o cenho, olhou de soslaio para Pável Pávlovitch. Para seu espanto, a roupa, o chapéu com crepe e todo o aspecto do senhor Trussótski estavam incomparavelmente mais decorosos do que há duas semanas. "Por que ele estava nessa bodega?", pensava o tempo todo.

– Aleksei Ivánovitch, tencionava lhe comunicar também outra alegria – recomeçou Pável Pávlovitch.

– Alegria?

– Vou me casar, senhor.

– Como?

– Depois da amargura vem a alegria, como sempre na vida, senhor; eu, Aleksei Ivánovitch, queria muito, mas... não sei, talvez agora o senhor esteja com pressa, pois está com um ar...

– Sim, estou com pressa, e... sim, não estou bem de saúde.

De repente, teve uma vontade terrível de afastar-se; a prontidão para um novo sentimento desapareceu instantaneamente.

– Mas eu queria, senhor...

Pável Pávlovitch não terminou de dizer o que queria; Veltchanínov ficou quieto.

– Nesse caso, depois, apenas se nos encontrarmos, senhor...

– Sim, sim, depois, depois – murmurou Veltchanínov, rápido, sem olhar para ele nem parar. Ficou calado mais um minuto; Pável Pávlovitch continuava a andar a seu lado.

– Nesse caso, até a vista, senhor – pronunciou o outro, por fim.

– Até a vista, desejo...

Veltchanínov regressou para casa, novamente bastante desnorteado. O encontro com "aquele homem" estivera acima de suas forças. Ao se deitar, voltou a pensar: "Para que ele estava no cemitério?"

No dia seguinte, pela manhã, decidiu finalmente ir até os Pogoréltsevs, mas decidiu a contragosto; agora, qualquer simpatia lhe pesava, mesmo de parte dos Pogoréltsevs. No entanto, eles se preocupavam tanto com ele que era impreterível ir. De repente, imaginou que ficaria muito envergonhado ao primeiro encontro com eles. "Ir ou não ir?", pensava, ao concluir o desjejum apressadamente, quando, de repente, para sua extraordinária perplexidade, Pável Pávlovitch entrou em sua casa.

Apesar do encontro da véspera, Veltchanínov sequer podia imaginar que aquele homem alguma vez retornaria à sua casa, e estava tão atônito que, ao olhar para ele, não sabia o que dizer. Mas Pável Pávlovitch arranjou-se sozinho, cumprimentou e sentou-se na mesma cadeira de três semanas atrás, em sua última visita. Veltchanínov, de repente, recordou-se dessa visita com especial intensidade. Fitou o hóspede com tranquilidade e repulsa.

– Está surpreso, senhor? – começou Pável Pávlovitch, adivinhando o olhar de Veltchanínov.

Em geral, parecia bem mais desenvolto do que na véspera, e, ao mesmo tempo, transmitia estar ainda mais acanhado do que antes. Seu aspecto externo era particularmente curioso. O senhor Trussótski estava trajado não apenas com decoro, mas até com donaire: paletó leve de verão, calças claras justas, colete claro; luvas, lornhão dourado, que sabe-se por que aparecera de repente, e a roupa de baixo eram impecáveis; até cheirava a perfume. Em toda a sua figura, havia algo de ridículo e, ao mesmo tempo, que induzia a uma ideia estranha e desagradável.

– Está claro, Aleksei Ivánovitch – prosseguiu, retorcendo-se –, que o espanto com minha chegada, e sinto isso, senhor. Mas, entre as pessoas, creio que sempre se conserva, e, na minha opinião, deve-se conservar, algo de elevado, não? Ou seja, acima de todas as condições, e até das contrariedades que podem resultar... não é, senhor?

– Pável Pávlovitch, diga tudo rápido e sem cerimônias. – Veltchanínov franziu o cenho.

– Em três palavras, senhor – apressou-se Pável Pávlovitch –, vou me casar e estou me dirigindo já à casa da noiva, agora mesmo. Eles também estão em uma dacha. Gostaria de ter a profunda honra de ousar apresentá-lo a essa casa, senhor, e vim com o rogo extraordinário – Pável Pávlovitch inclinou a cabeça com docilidade – de pedir-lhe que me acompanhe, senhor...

– Acompanhar aonde? – Veltchanínov arregalou os olhos.

– À casa deles, senhor, ou seja, à dacha. Desculpe, estou falando como se estivesse com febre e talvez tenha me atrapalhado; mas temo tanto a sua recusa, senhor...

E fitou Veltchanínov de forma chorosa.

– Quer que eu vá agora com o senhor até a sua noiva? – voltou a dizer Veltchanínov, olhando para ele rapidamente, sem acreditar em seus ouvidos, nem em seus olhos.

– Sim, senhor – Pável Pávlovitch ficou, de repente, terrivelmente acanhado. – Não se zangue, Aleksei Ivánovitch, não há aí atrevimento; apenas faço um pedido encarecido e extraordinário. Sonhei que, talvez, o senhor não quisesse recusar...

– Em primeiro lugar, isso é absolutamente impossível. – Veltchanínov remexeu-se, inquieto.

– É apenas meu imenso desejo e nada mais – o outro continuou a suplicar –, e também não escondo que tem um motivo, senhor. Mas gostaria de revelar esse motivo só depois, senhor, e agora apenas faço o pedido extraordinário...

E até se levantou da cadeira, por respeito.

– Mas em todo caso é impossível, o senhor há de convir... – Veltchanínov também se levantou do lugar.

– É muito possível, Aleksei Ivánovitch. Estava disposto a apresentá-lo como um amigo, senhor; e, em segundo lugar, são seus conhecidos; pois é a dacha de Zakhlebínin. Do conselheiro de Estado Zakhlebínin, senhor.

– Como assim? – gritou Veltchanínov. Era o mesmo conselheiro de Estado que, um mês atrás, sempre procurara e não encontrara em casa, e que agira, como se verificou, em proveito da parte contrária em seu litígio.

– Pois sim, pois sim – sorriu Pável Pávlovitch, como que animado com o espanto extraordinário de Veltchanínov –, o mesmo. O senhor se lembra de quando estava andando com ele e conversando, e eu olhava para os senhores e ficava parado, do outro lado? Naquela hora, eu estava esperando para me aproximar dele, depois do senhor. Há vinte anos, até trabalhamos juntos, e, quando estava esperando minha vez de me aproximar dele, eu ainda não tinha essa ideia. Só agora me ocorreu, repentinamente, há uma semana.

– Mas, ouça, trata-se, ao que parece, de uma família bastante decente? – espantou-se, ingênuo, Veltchanínov.

– Mas por que não seria decente? – retorceu-se Pável Pávlovitch.

– Não, obviamente não estou falando disso... mas o quanto pude notar, estando lá...

– Eles se lembram, senhor, lembram-se de quando foi – atalhou, contente, Pável Pávlovitch –, apenas o senhor não pôde ver então a família; mas ele se lembra e o respeita. Falei-lhe do senhor de forma respeitosa.

– Mas como pode ser, se ficou viúvo há apenas três meses?

– Mas o casamento não será agora, senhor; o casamento será em nove ou dez meses, para que se passe exatamente um ano de luto. Acredite, está tudo bem, senhor. Em primeiro lugar, Fedossei Petróvitch me conhece desde a juventude, conhecia minha finada esposa, sabe como eu vivia, da minha reputação e, por fim, tenho um patrimônio. E agora, recebi um posto com uma promoção, tudo isso tem seu peso.

– E essa filha dele?

– Vou lhe contar tudo isso em detalhes, senhor – contraiu-se agradavelmente Pável Pávlovitch –, permita-me apenas fumar um cigarrinho. Além disso, o senhor mesmo verá hoje. Em primeiro lugar, gestores como Fedossei Petróvitch aqui, em São Petersburgo, às vezes são muito valorizados no serviço se conseguem chamar a atenção. Mas veja que, além dos vencimentos e todo o resto, complementações, gratificações, adicionais, auxílios e subsídios únicos, não têm nada, ou seja, um fundamento que constitua o capital. Vivem bem, mas não é possível, de jeito nenhum, acumular quando se tem uma família. Imagine: Fedossei

Petróvitch tem oito garotas e um único filho, menor de idade. Se morrer agora, deixa apenas uma pensão mirradinha. E oito garotas, não, imagine só, senhor, imagine só: apenas os sapatos para cada uma, o quanto não custa! Das oito, cinco já podem ser noivas, a mais velha tem vinte e quatro anos (uma moça encantadora, o senhor verá!), e a sexta tem quinze anos, ainda estuda no ginásio. Bem, é preciso buscar noivos para as cinco mais velhas, o que deve ser feito com a maior antecedência possível, ou seja, o pai precisa levá-las à sociedade. O quanto isso não custa, pergunto-lhe? E de repente apareço eu, o primeiro noivo daquela casa, e ainda conhecido deles e notório, ou seja, quanto ao meu patrimônio efetivo. E isso é tudo.

Pável Pávlovitch explicou-se com arrebatamento.

– O senhor pediu a mão da mais velha?

– N-não, senhor, eu... não foi da mais velha; pedi a mão da sexta, essa que ainda prossegue os estudos no ginásio.

– Como? – Veltchanínov riu, sem querer. – Mas o senhor me disse que ela tem quinze anos!

– Quinze agora, senhor; mas, em nove meses, terá dezesseis, dezesseis anos e três meses, então, por que não? Mas como agora tudo isso ainda é indecoroso, senhor, por enquanto não tem nada público, só com os pais... Creia, está tudo bem, senhor!

– Ou seja, ainda não está decidido?

– Não, está decidido, está tudo decidido, senhor. Creia, está tudo bem, senhor.

– E ela sabe?

– Ora, só pelas aparências, pelo decoro, eles não falam; mas como não saber? – Pável Pávlovitch entrefechou os olhos, com agrado. – E então, vai me dar o prazer, Aleksei Ivánovitch? – concluiu, terrivelmente acanhado.

– Mas o que eu vou fazer lá? Aliás – acrescentou, apresssado –, como não vou de maneira alguma, não me exponha nenhum motivo.

– Aleksei Ivánovitch...

– Por acaso eu vou me sentar ao seu lado e ir? Pense!

A sensação de repulsa e de antipatia voltou-lhe após a diversão momentânea da tagarelice de Pável Pávlovitch sobre a noiva. Aparentemente, mais um minuto e o expulsaria de vez. Até irritava-se consigo mesmo, por algum motivo.

– Sim, Aleksei Ivánovitch, vai se sentar ao meu lado e não se arrependerá! – Pável Pávlovitch implorava, com voz penetrante. – Não-não-não! – Abanou as mãos, ao captar o gesto impaciente e resoluto de Veltchanínov. – Aleksei Ivánovitch, Aleksei Ivánovitch, espere para decidir, senhor! Vejo que o senhor, talvez, tenha me entendido errado: pois entendo bastante bem que nem o senhor para mim, que nem eu para o senhor, nós não somos camaradas; não sou disparatado a ponto de não entender isso, senhor. E que o favor que estou pedindo agora não o obriga a nada no futuro. E depois de amanhã eu parto de vez, completamente; quer dizer, é como se nada tivesse acontecido. Que esse dia seja um caso isolado. Vim à sua casa com uma esperança baseada nos particulares sentimentos de nobreza de seu coração, Aleksei Ivánovitch, exatamente os mesmos sentimentos que, nos últimos tempos, puderam despertar em seu coração, senhor... Parece claro o que estou falando, ou ainda não, senhor?

A agitação de Pável Pávlovitch crescia de forma extraordinária. Veltchanínov fitou-o com estranheza.

– O senhor pede um favor de minha parte – perguntou, reflexivo –, e insiste terrivelmente, o que é suspeito para mim; quero saber mais.

– Todo favor é apenas ir comigo. Depois, quando estivermos voltando, revelo-lhe tudo, como em confissão. Aleksei Ivánovitch, confie!

Todavia, Veltchanínov ainda recusava, e mais obstinadamente, por sentir em si um pensamento duro, maldoso. Esse pensamento mau remexia-se dentro dele já há tempos, desde o começo, assim que Pável Pávlovitch anunciou a noiva: fosse uma simples curiosidade ou uma inclinação ainda completamente vaga, aquilo o atraía a concordar. E quanto mais o atraía, mais se defendia. Estava sentado, com o cotovelo apoiado, e pensava. Pável Pávlovitch rodopiava ao seu redor e rogava.

– Está bem, eu vou – concordou, de repente, intranquilo e quase alarmado, erguendo-se do lugar.

Pável Pávlovitch ficou imensamente satisfeito.

– Não, Aleksei Ivánovitch, agora enfeite-se – rogava, em volta de Veltchanínov, que se trocava –, vista o que tem de melhor, à sua maneira.

"E por que está se metendo nisso, homem estranho?", Veltchanínov pensava consigo.

– Pois não espero apenas esse favor do senhor, Aleksei Ivánovitch. Como deu sua concordância, seja também meu guia, senhor.

– Por exemplo?

– Por exemplo, uma grande questão: crepe, senhor? O que é mais decoroso: tirar ou deixar o crepe?

– Como queira.

– Não, quero a sua decisão, senhor, como o senhor se portaria, ou seja, se estivesse de crepe? Minha ideia é que, ao conservar, demonstro a constância de sentimentos, ou seja, recomendo-me favoravelmente.

– Tire, obviamente.

– Será que isso é óbvio? – Pável Pávlovitch refletiu. – Não, melhor conservar, senhor...

– Como queira. "Contudo, não acredita em mim, o que é bom", pensou Veltchanínov.

Saíram. Pável Pávlovitch olhou com satisfação para Veltchanínov, enfeitado; era como se mais respeito e importância se manifestassem em seu rosto. Veltchanínov assombrava-se com ele, e mais ainda consigo. Junto ao portão, uma caleche magnífica os aguardava.

– O senhor já tinha uma caleche pronta? Ou seja, estava seguro de que eu ia?

– Tomei a caleche para mim, mas estava quase seguro de que o senhor concordaria em ir – respondeu Pável Pávlovitch, com ar de homem absolutamente feliz.

– Ei, Pável Pávlovitch – riu, com certa irritação, Veltchanínov, quando já estavam sentados, em marcha –, o senhor não está seguro demais a meu respeito?

– Mas não cabe ao senhor, Aleksei Ivánovitch, não cabe ao senhor dizer que eu sou um imbecil por causa disso – respondeu Pável Pávlovitch, firme, com voz penetrante.

"E Liza?", pensou Veltchanínov, e imediatamente parou de pensar nisso, como se temesse blasfemar. E de repente teve a impressão de ser tão ínfimo, tão insignificante naquele minuto; parecia-lhe que a ideia que o seduzia era tão pequena, tão nojentinha... e voltou a ter vontade, custasse o que custasse, de largar tudo e sair da caleche naquele instante, mesmo que para isso tivesse que bater em Pável Pávlovitch. Mas esse se pôs a falar, e a sedução novamente tomou-lhe o coração.

– Aleksei Ivánovitch, o senhor entende de coisas preciosas?

– De que coisas preciosas?

– De diamantes, senhor.

– Entendo.

– Queria levar um presente. Guie-me: precisa ou não?

– Na minha opinião, não.

– Pois eu queria tanto – remexeu-se Pável Pávlovitch –, mas o que comprar? Todo o conjunto, ou seja, broche, brincos, bracelete, ou só uma coisinha?

– Quanto quer gastar?

– Uns quatrocentos ou quinhentos rublos.

– Puxa!

– É muito? – estremeceu Pável Pávlovitch.

– Compre um bracelete de cem rublos.

Pável Pávlovitch ficou até amargurado. Tinha uma vontade terrível de gastar mais e comprar "todo" o conjunto. Insistiu. Entraram na loja. Deu-se, contudo, que compraram apenas um bracelete, e não o que Pável Pávlovitch queria, mas o que foi indicado por Veltchanínov. Pável Pávlovitch queria levar ambos. Quando o vendedor, que pedia cento e setenta e cinco rublos pelo bracelete, baixou para cento e cinquenta, ele ficou até agastado; alegremente teria gastado até duzentos se lhe pedissem, tamanha sua vontade de pagar mais caro.

– Não há problema em me precipitar com presentes – desabafou ele, arrebatado, quando voltaram a se colocar a caminho, afinal não se trata de alta sociedade, são simples. A inocência gosta de presentinhos – sorriu, astuto e alegre. – O senhor riu-se há pouco, Aleksei Ivánovitch, de seus quinze anos; mas foi isso que me tocou a mente, exatamente o fato de ela ir ao ginásio, de bolsinha na mão, com caderninhos e peninhas, he-he! A bolsinha cativou meu pensamento! Eu, particularmente, sou pela inocência, Aleksei Ivánovitch. Para mim, a coisa não é tanto a beleza do rosto quanto isso. Dá uns risinhos lá, com uma amiguinha, num cantinho, e como riem, meu Deus! E de quê? Todo riso é porque um gatinho pulou da cômoda para a caminha e se enrodilhou... Cheiram a maçãzinha fresca, senhor! Então tiro o crepe?

– Como queira.

– Tiro! – tirou o chapéu, arrancou o crepe e jogou-o na estrada. Veltchanínov viu que o rosto dele reluzia com a esperança mais brilhante quando ele voltou a colocar o chapéu na cabeça calva.

"Mas será que ele é mesmo assim?", pensou, já com verdadeira raiva. "Será que não tem nenhuma *peça* no fato de ter me convidado? Será que ele conta mesmo com minha nobreza?", prosseguiu, quase ofendido com a última suposição. "O que é isso, um palhaço, um imbecil ou um 'eterno marido'? Pois é impossível, finalmente!..."

NOS ZAKHLEBÍNINS

Os Zakhlebínins eram de fato "uma família muito decente", como Veltchanínov dissera há pouco, e o próprio Zakhlebínin era um funcionário público bastante sólido e em evidência. Também era verdade tudo que Pável Pávlovitch dissera acerca de seus rendimentos: "Aparentemente, vivem bem, mas a pessoa morre e não deixa nada".

O velho Zakhlebínin recebeu Veltchanínov de forma maravilhosa e amistosa e, de antigo "inimigo", converteu-se completamente em amigo.

– Parabéns, assim é melhor – foi a primeira coisa que disse, com ar agradável e garboso –, eu mesmo insisti em um acordo amigável, e Piotr Kárlovitch (o advogado de Veltchanínov), no que se refere a isso, é um homem de ouro. E então? O senhor vai receber sessenta mil e sem preocupação, sem protelação, sem disputa! E o caso podia arrastar-se por três anos!

Veltchanínov imediatamente foi apresentado também à madame Zakhlebínina, uma dama de meia-idade bastante gorda, de cara simplória e cansada. As moças também começaram a aparecer, uma atrás da outra, ou aos pares. Porém, apareceram muitas moças; aos poucos, reuniram-se umas dez ou doze. Veltchanínov sequer conseguiu contar; umas entravam, outras saíam. É que havia entre elas muitas vizinhas de dacha, amiguinhas. A dacha dos Zakhlebínins, uma grande casa de madeira, de estilo indeterminado, porém extravagante, com dependências de diversas épocas, desfrutava de um jardim grande; outras três ou quatro dachas davam para os diversos lados desse jardim, de modo que era uma área comum, o que, naturalmente, propiciava a aproximação das moças da vizinhança. Desde as primeiras palavras da conversa, Veltchanínov notou que já era aguardado ali e que sua vinda era na qualidade de amigo de Pável Pávlovitch, que desejava apresentá-lo, e fora anunciada de modo quase solene. Penetrante e experiente nesses casos, seu olhar logo distinguiu até algo especial: os modos demasiado afáveis dos pais, o ar especial das moças e seus trajes, embora, aliás, fosse feriado, despertaram-lhe a suspeita de que Pável Pávlovitch usava de astúcia, e era muito possível que tivesse incutido ali, obviamente sem dizer palavras diretas, algo como a conjectura de que ele era um solteirão entediado, "de boa sociedade", com patrimônio e que, bastante possivelmente, por fim decidira "dar um basta e arranjar-se, ainda mais que recebeu uma herança". Aparentemente, a *mademoiselle* Zakhlebínina mais velha, Katerina Fedossêievna, justamente a que tinha vinte e quatro anos, à qual Pável Pávlovitch referira-se como especialmente encantadora, estava disposta a esse tom. Distinguia-se especialmente das irmãs pelo traje e pelo penteado original de seus cabelos exuberantes. Já as irmãs e todas as outras moças pareciam já saber firmemente que Veltchanínov apresentava-se "para Kátia" e viera "olhá-la". Seus olhares, e mesmo algumas palavrinhas largadas ao acaso ao longo do dia, confirmaram depois essa suposição. Katerina Fedossêievna era uma loira alta, luxuriantemente corpulenta, com um rosto extraordinariamente gentil e temperamento, pelo visto, pacífico e indolente, até sonolento. "Estranho ter ficado solteira", pensou Veltchanínov, sem querer, fitando-a com satisfação. "Embora não tenha dote e logo ficará gorda de vez, há muitos apreciadores disso..." Todas as outras irmãs também não eram más, e, entre as amiguinhas, reluziam uns rostinhos divertidos e até bonitinhos. Aquilo começava a diverti-lo; e, aliás, começara a ter ideias peculiares.

Nadiejda Fedossêievna, a sexta, do ginásio, suposta noiva de Pável Pávlovitch, fazia-se esperar. Veltchanínov aguardava-a com uma impaciência que o surpreendia e ria consigo. Por fim, apareceu, e não sem causar efeito, acompanhada de uma amiguinha viva e esperta, Mária Nikítichna, uma morena de rosto engraçado, da qual, como imediatamente se revelou, Pável Pávlovitch tinha um medo extraordinário. Essa Mária Nikítichna, moça já de vinte e três anos, brincalhona, e até inteligente, era governanta dos filhos pequenos de um vizinho, conhecido da casa, e já há muito tempo era considerada como alguém da família pelos Zakhlebínins e, terrivelmente, apreciada pelas garotas. Era visível que ela agora era especialmente necessária a Nádia[13]. Ao primeiro olhar, Veltchanínov discerniu que todas as moças eram contra Pável Pávlovitch, até as amigas, e, dois minutos após a entrada de Nádia, decidiu que ela o *odiava*. Notou também que Pável Pávlovitch não reparava naquilo em absoluto, ou não queria reparar. Indiscutivelmente, Nádia era a melhor de todas as irmãs, uma moreninha pequena, de ar selvagem e ousadia de niilista; um diabinho finório, de olhinhos de fogo, sorriso encantador, embora frequentemente também maldoso, de labiozinhos e dentinhos espantosos, magrinha, esbelta, com sinais de pensamento na expressão ardente do rosto, que ao mesmo tempo ainda era quase completamente infantil. Os quinze anos se manifestavam a cada passo, a cada palavra sua. Revelou-se depois que Pável Pávlovitch de fato vira-a pela primeira vez com uma bolsinha de oleado nas mãos; mas agora ela não mais a carregava.

---

13 Diminutivo de Nadiejda. (N. T.)

O presente do bracelete foi um fracasso absoluto, produzindo uma impressão até desagradável. Pável Pávlovitch, assim que avistou a noiva entrar, imediatamente aproximou-se dela, aos risos. Presenteou sob o pretexto do "prazer agradável que sentira da vez precedente, por motivo da agradável romança cantada por Nadiejda Fedossêievna ao piano..." Enrolou-se, não concluiu e ficou parado, como que perdido, estendendo para Nadiejda Fedossêievna e enfiando-lhe na mão o estojo com o bracelete, que ela não queria pegar e, enrubescendo de vergonha e raiva, punha as mãos para trás. Virou-se com insolência para sua mamãe, cujo rosto exprimia embaraço, e disse alto:

– Não quero pegar, *maman*!

– Pegue e agradeça – afirmou o pai, com severidade tranquila, mas ele também estava insatisfeito. – Não precisa, não precisa! – murmurou, em tom de sermão, a Pável Pávlovitch. Nádia, não tendo o que fazer, pegou o estojo e, baixando os olhos, fez uma reverência, como fazem as mocinhas, ou seja, lançou-se de repente para baixo e pulou de imediato, como se estivesse sobre molas. Uma das irmãs veio olhar, e Nádia presenteou-lhe o estojo, ainda não aberto, demonstrando que não queria nem olhar. Tiraram o bracelete, que começou a passar de mão em mão; mas todos olhavam em silêncio, e alguns, até com zombaria. Apenas mamãe tartamudeou que o bracelete era muito bonito. Pável Pávlovitch estava prestes a sumir debaixo da terra.

Veltchanínov socorreu.

De repente, pôs-se a falar, alto e com gosto, pegando a primeira ideia que lhe ocorrera, e, não haviam passado nem cinco minutos, já dominava as atenções de todos na antessala. Aprendera magnificamente a arte de tagarelar em sociedade, ou seja, a arte de parecer absolutamente cândido e de fazer, ao mesmo tempo, ar de que considerava seus ouvintes tão cândidos como ele. Com naturalidade extraordinária, podia fazer-se de muito alegre e feliz quando necessário. Muito habilmente, sabia também enfiar entre as palavras uma espirituosa e provocativa, uma alusão divertida, um calembur engraçado, mas absolutamente como se fosse por acaso, como se nem notasse – quando o que era espirituoso, o calembur e a própria conversa talvez já tivessem sido preparados, estudados há muito tempo e empregados mais de uma vez. Mas, no presente instante, à sua arte unia-se a natureza: sentia-se de bom humor e algo o atraía; sentia a plena e triunfante convicção de que, em alguns minutos, todos aqueles olhos estariam voltados para ele, todas aquelas pessoas ouviriam apenas a ele, falariam apenas com ele, ririam apenas do que ele dizia. E, de fato, logo ouviu-se um riso, aos poucos outros também se intrometeram na conversa – e ele dominava à perfeição a habilidade de atrair os outros para a conversa –, já soavam três e quatro vozes falando ao mesmo tempo. A cara entediada e cansada da senhora Zakhlebínina se iluminou, quase com alegria; o mesmo ocorreu a Katerina Fedossêievna, que ouvia e olhava como que fascinada. Nádia o fitava de soslaio, perscrutadora; notava-se que já estava prevenida contra ele. Isso atiçou Veltchanínov ainda mais. A "malvada" Mária Nikítichna soube enfiar na conversa um remoque contra ele; inventara e sustentava que Pável Pávlovitch apresentara-o ali, na véspera, como amigo de infância, acrescentando-lhe, desta forma, e fazendo uma alusão clara a isso, sete anos a mais. Mas ele agradou até à malvada Mária Nikítichna. Pável Pávlovitch estava decididamente atônito. Naturalmente, tinha noção dos meios que seu amigo dominava, e inicialmente ficou até contente com seu êxito, dando risinhos e entrando na conversa; mas, por algum motivo, aos poucos parecia cair em meditação e até, por fim, em tristeza, o que se manifestava com clareza em sua fisionomia alarmada.

– Ora, o senhor é um convidado que não precisamos divertir – decidiu, por fim, alegre, o velho Zakhlebínin, levantando-se da cadeira para se dirigir para cima, onde, apesar do feriado, estavam preparados alguns papéis para ele examinar. – E veja, imagine, eu o considerava o hipocondríaco mais sombrio de todos os jovens. Como a gente se engana!

No salão, havia um piano; Veltchanínov perguntou quem tocava música e, de repente, dirigiu-se a Nádia.

– A senhorita, ao que parece, canta?
– Quem lhe disse? – retrucou Nádia.
– Pável Pávlovitch disse há pouco.
– Não é verdade. Só canto por brincadeira; não tenho nem voz.
– Pois eu também não tenho voz, mas canto.
– Então vai cantar para nós? Pois bem, daí eu canto para o senhor. – Nádia cintilou os olhos. – Mas não agora, só depois do almoço. Não posso suportar música – acrescentou. – Esse piano me encheu. Todo mundo toca e canta aqui em casa; Kátia[14] sozinha já basta.

Veltchanínov imediatamente aproveitou a deixa, e revelou-se que Katerina Fedossêievna era a única, de todas, que se ocupava seriamente do piano. Imediatamente dirigiu-se a ela, com o pedido de tocar. Todos apreciaram visivelmente ele ter se dirigido a Kátia, e *maman* até corou de satisfação. Katerina Fedossêievna levantou-se, rindo, e se aproximou do piano, e, de repente, inesperadamente para si mesma, também corou por inteiro, e, subitamente, ficou com vergonha por ser tão grande, já com vinte e quatro anos, e tão robusta, e corar como uma garota. E tudo isso estava inscrito em sua face quando ela se sentou para tocar. Tocou algo de Haydn e tocou com precisão, embora sem expressão; mas estava acanhada. Quando terminou, Veltchanínov pôs-se a elogiar terrivelmente não ela, mas Haydn, especialmente aquela pecinha que ela tocara. E ela ficou visivelmente tão agradada e ouvia com tamanha gratidão os elogios que não eram para si, mas para Haydn, que Veltchanínov, sem querer, fitou-a com mais carinho e atenção. "Ei, então você é simpática?" reluzia em seu olhar, e todos pareceram compreender esse olhar de súbito, especialmente a própria Katerina Fedossêievna.

---

14 Diminutivo de Katerina. (N. T.)

– Vocês têm um jardim excelente – dirigiu-se, de repente, a todos, olhando para as portas de vidro do balcão. – Sabem, vamos todos para o jardim!

– Vamos, vamos! – soaram gritinhos de alegria, como se ele tivesse adivinhado o principal desejo de todos.

Passearam pelo jardim até o almoço. A senhora Zakhlebínina, que já há muito tempo queria ir dormir, tampouco se conteve e foi passear com todos, mas foi razoável e ficou sentada, descansando no balcão, onde cochilou imediatamente. No jardim, a relação de Veltchanínov com todas as moças tornou-se ainda mais amistosa. Ele notou que, das dachas vizinhas, vieram ainda dois ou três rapazes, bem jovens; um era estudante universitário, o outro, simplesmente do ginásio. Cada um imediatamente aproximou-se da *sua* garota, e estava evidente que tinham vindo por causa delas; já o terceiro "jovem", um menino muito sombrio e descabelado, de vinte anos e óculos azuis enormes, pôs-se a cochichar, apressado e carrancudo, com Mária Nikítichna e com Nádia. Examinou Veltchanínov com severidade e, aparentemente, considerava-se obrigado a tratá-lo com desprezo extraordinário. Algumas moças propuseram começar logo a brincar. À pergunta de Veltchanínov a respeito do que brincavam responderam que de tudo, inclusive de pega-pega, mas que naquela noite brincariam de provérbios, ou seja, ficariam todos sentados, e um sairia por um tempo; todos que ficariam escolheriam um provérbio, por exemplo "Devagar se vai ao longe", então chamariam o outro, e cada um, por vez, devia dizer-lhe uma frase. O primeiro devia dizer uma frase com a palavra "devagar", o segundo com "se", o terceiro com "vai", etc. E o outro tinha que pegar todas essas palavrinhas e adivinhar o provérbio.

– Deve ser muito divertido – observou Veltchanínov.

– Ah, não, é chatíssimo – responderam duas ou três vozes ao mesmo tempo.

– Também brincamos de teatro – observou Nádia, dirigindo-se a ele. – Veja aquela árvore grossa, com um banco ao redor; lá, atrás da árvore, seria a coxia, e lá ficam os atores, o rei, a rainha, a princesa, o jovem, como quisermos; cada um sai quando lhe dá na telha, diz o que lhe passa na cabeça, e alguma coisa sai disso.

– Mas isso é ótimo! – Veltchanínov elogiou mais uma vez.

– Ah, não, é chatíssimo! No começo, tudo sai engraçado, mas, ao final, vai ficando cada vez mais sem sentido, porque ninguém consegue terminar; talvez com o senhor seja mais divertido. Nós achamos que o senhor fosse amigo de Pável Pávlovitch, mas deu-se que ele apenas estava se gabando. Estou muito contente por o senhor ter vindo... por uma coisa – olhou para Veltchanínov de forma bem séria e grave e imediatamente afastou-se, na direção de Mária Nikítichna.

– Vamos brincar de provérbios à noite – de repente, sussurrou confidencialmente a Veltchanínov uma amiguinha que ele até então mal notara e que ainda não lhe dissera uma palavra. – À noite todos vamos rir de Pável Pávlovitch, e o senhor também.

– Ah, que bom que o senhor veio, aqui é sempre tão chato – falou, de forma amistosa, outra amiga, que até então ele não havia absolutamente notado, e Deus sabe de onde ela surgira, ruivinha, sardenta e com uma cara terrivelmente engraçada, que ardia da caminhada e do calor.

A inquietação de Pável Pávlovitch crescia cada vez mais. No jardim, Veltchanínov, por fim, conseguira socializar completamente com Nádia; ela já não o fitava de soslaio, como antes, e, aparentemente, afastara a ideia de examiná-lo detalhadamente, mas ria, saltava, dava gritinhos e tomou-o pela mão duas vezes; estava terrivelmente feliz e continuava a não prestar a menor atenção em Pável Pávlovitch, como se não o notasse. Veltchanínov convenceu-se de que havia decididamente uma conspiração contra Pável Pávlovitch; com uma multidão de moças, Nádia atraíra Veltchanínov para um lado, enquanto as outras amigas, sob diversos pretextos, aliciavam Pável Pávlovitch para outro; mas ele se desvencilhava e, imediatamente, corria com toda pressa até eles, ou seja, até Veltchanínov e Nádia, e, de repente, enfiava a cabeça calva e perturbadamente perscrutadora entre eles. Por fim, não se constrangia mais; a ingenuidade de seus gestos e movimentos era às vezes espantosa. Veltchanínov tampouco conseguiu prestar atenção especial em Katerina Fedossêievna mais uma vez. Agora, naturalmente, já estava claro para ela que ele não tinha vindo absolutamente por sua causa e já se interessava demasiado por Nádia; porém seu rosto continuava tão gentil e plácido como antes. Aparentemente, estava feliz apenas por se encontrar perto deles e ouvir o que dizia o novo visitante; ela mesma, coitadinha, não sabia de jeito nenhum como entrar com habilidade na conversa.

– E que maravilhosa é a sua irmãzinha Katerina Fedossêievna! – Veltchanínov disse de repente a Nádia, baixinho.

– A Kátia! Poderia haver uma alma melhor do que a dela? O anjo de todos nós, estou apaixonada por ela – respondeu a outra, em êxtase.

Por fim, chegou o almoço, às cinco horas, e também era bastante evidente que ele tinha sido organizado não como de hábito, mas para o visitante. Surgiram dois ou três pratos, visivelmente acrescentados ao cardápio habitual, bastante intrincados, e um deles era absolutamente tão estranho que ninguém conseguia sequer dizer seu nome. Além dos vinhos habituais do cardápio, apareceu também, evidentemente pensada para o visitante, uma garrafa de tokaji; ao fim do almoço, serviram também champanhe por causa dele. O velho Zakhlebínin, que tomara um cálice a mais, estava no melhor dos humores e pronto para rir de tudo que Veltchanínov dizia. Terminou que Pável Pávlovitch não se conteve mais: levado pela competitividade, de repente inventou de também dizer um calembur, e disse. Na ponta da mesa, onde ele estava sentado, ao lado de madame Zakhlebínina, ouviu-se de repente a gargalhada alta de moças a se divertirem.

– Papai, papai! Pável Pávlovith também disse um calembur – gritaram duas Zakhlebíninas, irmãs do meio, a uma só voz. – Ele disse que somos "moças, mas não maçantes..."

– Ah, ele também faz calembures! Bem, que calembur ele disse? – retrucou, com voz grave, o velho, dirigindo-se a Pável Pávlovitch de forma protetora e rindo de antemão do calembur aguardado.

– Pois ele disse que somos "garotas, mas não marotas".

– S-sim! Mas e daí? – O velho ainda não entendia e sorria com bonomia ainda maior, à espera.

– Ah, papai, como é que você não entende! Garotas, e depois marotas; garota é parecido com marota, garotas mas não marotas...

– A-a-ah! – arrastou o velho, atônito. – Hum! Ora, da próxima vez fará melhor! – E o velho sorriu alegremente.

– Pável Pávlovitch, não é possível ter todas as perfeições ao mesmo tempo! – provocou Mária Nikítichna, em voz alta. – Ah, meu Deus, ele se engasgou com uma espinha! – exclamou e pulou da cadeira.

Produziu-se até um rebuliço, que era só o que Mária Nikítichna queria. Pável Pávlovitch apenas bebericara vinho, ao qual se aferrara para ocultar seu embaraço, mas Mária Nikítichna assegurava e jurava por todos os lados que era "uma espinha de peixe, que ela mesma vira e que morrem disso".

– Batam na nuca! – gritou alguém.

– De fato, é o melhor! – aprovou Zakhlebínin, em voz alta, mas já apareceram voluntárias: Mária Nikítichna, a amiga ruivinha, também convidada para o almoço, e, por fim, a própria mãe da família, terrivelmente assustada; todas queriam bater na nuca de Pável Pávlovitch. Pulando da cadeira, Pável Pávlovitch esgueirava-se e a todo instante devia afirmar que apenas se engasgara com o vinho e que a tosse passaria já. Até que, por fim, adivinharam que tudo aquilo era travessura de Mária Nikítichna.

– Ah, como você é briguenta! – madame Zakhlebínina observou, severa, a Mária Nikítichna, mas logo não aguentou e caiu na gargalhada, como raramente lhe ocorria, o que também produziu sua espécie de efeito. Depois do almoço, todos saíram ao balcão para tomar café.

– E que dias ótimos estão fazendo! – o velho louvou, com benevolência, a natureza, fitando o jardim com prazer. – Se apenas caísse uma chuva... Bem, vou descansar. Fiquem com Deus, fiquem com Deus, divirtam-se! Divirta-se você também! – À saída, bateu no ombro de Pável Pávlovitch.

Quando todos novamente desciam ao jardim, Pável Pávlovitch, de repente, saiu correndo até Veltchanínov e puxou-o pela manga.

– Um minutinho, senhor – sussurrou, com impaciência. Foram a uma vereda lateral, isolada, do jardim.

– Não, aqui não, meu senhor, desculpe, aqui não permito... – sussurrava, arquejando furiosamente e agarrando Veltchanínov pela manga.

– O quê? O quê? – perguntou Veltchanínov, com os olhos grandes. Pável Pávlovitch fitava-o em silêncio, movia os lábios e sorria furiosamente.

– Para onde foram? Onde estão vocês? Já está tudo pronto! – ouviram-se as vozes impacientes das moças, a chamar. Veltchanínov deu de ombros e voltou para o grupo. Pável Pávlovitch também saiu correndo, atrás dele.

– Aposto que ele estava pedindo-lhe um lenço – disse Mária Nikítichna. – Da última vez também esqueceu.

– Sempre esquece! – secundou Zakhlebínina, a irmã do meio.

– Esqueceu o lenço! Pável Pávlovitch esqueceu o lenço! *Maman*, Pável Pávlovitch esqueceu o lenço de novo, *maman*, Pável Pávlovitch ficou resfriado de novo! – diziam as vozes.

– Por que ele não diz? Como o senhor é escrupuloso, Pável Pávlovitch! – proferiu, de forma arrastada, madame Zakhlebínina. – É perigoso brincar com resfriado; mando-lhe já um lenço. Ele está sempre resfriado! – acrescentou, saindo e feliz com a oportunidade de voltar para casa.

– Tenho dois lenços e nenhum resfriado, senhora! – Pável Pávlovitch gritou, em sua direção, mas ela, pelo visto, não entendeu e, um minuto depois tarde, quando Pável Pávlovitch trotava atrás de todos, cada vez mais perto de Nádia e Veltchanínov, uma criada ofegante alcançou-o, trazendo-lhe um lenço.

– Brincar, brincar, vamos brincar de provérbios! – gritavam, de todos os lados, como se esperassem Deus sabe o que dos "provérbios".

Escolheram um lugar e sentaram-se nos bancos; coube a Mária Nikítichna adivinhar; exigiram que ela fosse para o mais longe possível e não ficasse escutando; em sua ausência, escolheram um provérbio e distribuíram as palavras. Mária Nikítichna voltou e adivinhou em um instante. O provérbio era: "O sonho é terrível, mas Deus é misericordioso".

A Mária Nikítichna seguiu-se o jovem descabelado de óculos azuis. Dele exigiram ainda mais precauções, que ficasse junto ao caramanchão, de cara para a cerca. O jovem soturno cumpriu seu dever com desprezo, até mesmo como se sentisse alguma humilhação moral. Quando o chamaram, não conseguiu adivinhar nada, passou por todos e ouviu duas vezes o que lhe diziam, matutou longa e sombriamente, mas não deu em nada. Fizeram-no passar vergonha. O provérbio ela: "Oração a Deus e serviço ao tsar nunca se perdem!"

– Que nojo de provérbio! – resmungou, com indignação, o jovem melindrado, retirando-se para seu lugar.

– Ah, que chato! – disseram vozes.

Veltchanínov foi; esconderam-no mais longe do que todos; ele tampouco adivinhou.

– Ah, que chato! – disseram ainda mais vozes.

– Bem, agora eu vou – disse Nádia.

– Não, não, agora vai Pável Pávlovitch, é a vez de Pável Pávlovitch – gritaram todos, animando-se um pouco.

Levaram Pável Pávlovitch até a cerca, colocaram-no de cara para ela e, para que não espiasse, deixaram a ruivinha vigiando-o. Pável

Pávlovitch, já tomando alento e quase voltando a se alegrar, tinha a intenção de cumprir religiosamente seu dever, por isso estava rijo como um toco, olhando para a cerca, sem ousar se virar. A ruivinha vigiava-o vinte passos atrás, perto do grupo, junto ao caramanchão, e piscava com agitação às moças; era evidente que todos esperavam por algo, até com certa inquietude; algo estava sendo preparado. De repente, a ruivinha agitou os braços por detrás da cerca. Em um instante, todos se levantaram de um salto e desataram a correr.

— Corra, corra o senhor também! — dez vozes sussurraram a Veltchanínov, quase horrorizadas por ele não correr.

— Que foi? O que aconteceu? — perguntou ele, correndo atrás de todos.

— Psiu, não grite! Ele que fique parado, olhando para a cerca, enquanto todos nós fugimos. Nástia[15] também está fugindo.

A ruivinha, Nástia, desatava a correr, como se tivesse acontecido Deus sabe o quê, e agitava os braços. Por fim, correram todos para o lago, bem na outra ponta do jardim. Quando Veltchanínov também chegou lá, viu que Katerina Fedossêievna discutia fortemente com todas as moças, particularmente com Nádia e com Mária Nikítichna.

— Kátia, querida, não se zangue! — Nádia beijava-a.

— Pois bem, não vou contar a mamãe, mas vou-me embora, porque isso é muito feio. O que o coitado não deve estar sentindo, lá na cerca.

Ela foi embora, de dó, mas todos os demais continuaram implacáveis e impiedosos como antes. Exigiram fortemente que Veltchanínov, quando Pável Pávlovitch regressasse, não lhe desse atenção, como se nada tivesse ocorrido. "E todos nós vamos brincar de pega-pega!", gritou, em êxtase, a ruivinha.

Pável Pávlovitch uniu-se ao grupo em não menos do que um quarto de hora. Passara provavelmente dois terços desse tempo junto à cerca.

---

15 Diminutivo de Anastassia. (N. T.)

O pega-pega estava em pleno curso e fazia absoluto sucesso, todos gritavam e se divertiam. Doido de fúria, Pável Pávlovitch saltou direto na direção de Veltchanínov e, novamente, pegou-o pela manga.

– Um minutinho, senhor!

– Oh, Senhor, sempre ele com seus minutinhos!

– Está pedindo lenço de novo – gritaram em sua direção.

– Pois bem, dessa vez foi o senhor; agora foi o senhor, o senhor é a causa!... – Pável Pávlovitch até batia os dentes ao dizê-lo.

Veltchanínov interrompeu-o e pacificamente aconselhou-o a ser mais alegre, senão seria provocado o tempo todo: "Provocam-no porque o senhor se enraivece quando todos estão alegres". Para seu espanto, as palavras e o conselho tiveram um impacto terrível sobre Pável Pávlovitch: ele imediatamente sossegou, a ponto de voltar para o grupo como se fosse culpado e docilmente participar das brincadeiras gerais: por isso, não o perturbaram por algum tempo e brincaram com ele, como com todos, e não passou meia hora para ele quase voltar a se alegrar. Em todas as brincadeiras, escolhia como par, quando necessário, predominantemente a ruiva traidora ou uma das irmãs Zakhlebíninas. Porém, para espanto ainda maior, Veltchanínov notou que Pável Pávlovitch quase não ousara falar com Nádia, nenhuma vez, embora rodopiasse em torno ou perto dela sem cessar; pelo menos, aceitava como devida e natural sua situação de não aceito e desprezado por ela. Mas, no final, mesmo assim voltaram a pregar-lhe uma peça.

Estavam brincando de "esconder". Quem se escondia podia, aliás, correr por todo o lugar onde lhe fora permitido ocultar-se. Pável Pávlovitch, que conseguira esconder-se enfiando-se em um arbusto espesso, de repente inventou de entrar de um pulo na casa, correndo. Soaram gritos, viram-no; ele se esgueirou apressadamente pela escada, para a água-furtada, onde conhecia um lugarzinho atrás da cômoda, no qual queria se ocultar. Mas a ruivinha saiu voando atrás dele, achegou-se à porta na ponta dos pés e trancou-a com o ferrolho. Todos, imediatamente, como antes, pararam de brincar e correram de novo para o lago, na outra ponta do jardim. Dez minutos depois, Pável Pávlovitch, sentindo que ninguém o procurava, olhou pela janelinha. Não havia ninguém. Não ousava gritar, para não acordar os pais; a criada e a camareira tinham recebido ordens severas de não aparecerem e não responderem ao chamado de Pável Pávlovitch. Katerina Fedossêievna poderia soltá-lo, porém, após voltar para seu quartinho e sentar-se, sonhadora, também adormeceu, inesperadamente. Ele ficou cerca de uma hora daquele jeito. Por fim, começaram a aparecer, como que por acaso, passando por ali, as moças, em pares ou em trio.

– Pável Pávlovitch, por que não vem conosco? Ah, lá está tão divertido! Estamos brincando de teatro. Aleksei Ivánovitch está fazendo o papel de "jovem".

– Pável Pávlovitch, por que não vem? Estamos admiradas com o senhor! – observaram outras moças, de passagem.

– Espantadas de novo com o quê? – soou, de repente, a voz de madame Zakhlebínina, que acabara de acordar e decidira finalmente caminhar pelo jardim e dar uma olhada nas brincadeiras das "crianças", enquanto aguardava o chá.

– Com Pável Pávlovitch. – Apontaram-lhe a janela, onde emergira, com um sorriso deformado, um rosto pálido de raiva, o rosto de Pável Pávlovitch.

– Que vontade esse homem tem de ficar sozinho quando todos estão tão alegres! – A mãe da família meneou a cabeça.

Enquanto isso, Veltchanínov finalmente conseguira receber de Nádia a explicação de suas palavras recentes, de que ela estava "contente com sua vinda por uma coisa". A explicação aconteceu em uma alameda isolada. Mária Nikítichna, de propósito, chamara Veltchanínov, que participava das brincadeiras e já estava começando a ficar fortemente entediado, e levara-o para aquela alameda, onde o deixou a sós com Nádia.

– Estou plenamente convicta – matraqueou, de forma ousada e rápida – de que o senhor não é absolutamente tão amigo de Pável Pávlovitch quanto ele se gaba. Considero que só o senhor pode me fazer um favor extraordinariamente importante: este bracelete recente, nojento – tirou o estojo do bolsinho –, peço encarecidamente que o devolva, sem tardar, pois eu mesma nunca, por nada, vou falar com ele agora, nem pelo resto da vida. Aliás, pode dizer-lhe isso em meu nome e acrescente que ele não ouse se meter aqui com presentes. O resto, darei a conhecer através de outros. O senhor poderia me dar essa satisfação e cumprir meu desejo?

– Ah, pelo amor de Deus, poupe-me! – Veltchanínov quase gritou, agitando os braços.

– Como? Como poupar? – Nádia espantou-se, incrédula, com sua recusa e arregalou os olhos. O tom que preparara com antecedência desfez-se em um instante, e ela esteve a ponto de chorar. Veltchanínov riu.

– Não fiz isso para... Teria muito prazer... mas tenho contas a acertar com ele...

– Eu sabia que o senhor não era amigo dele e que ele estava mentindo! – Nádia interrompeu-o, de forma impetuosa e rápida. – Nunca vou me casar com ele, fique sabendo! Nunca! Nem sequer entendo como ele ousou... Só que o senhor assim mesmo tem que lhe entregar esse bracelete asqueroso, senão como eu fico? Quero, quero sem falta, que hoje mesmo, neste mesmo dia, ele receba de volta e engula isso. E se ele for fofocar com papai, verá o que vai ter.

Detrás do arbusto, pulou de repente, de forma completamente inesperada, o jovem descabelado de óculos azuis.

– O senhor deve entregar o bracelete – jogou-se freneticamente sobre Veltchanínov –, nem que seja apenas em nome dos direitos das mulheres, se estiver à altura da questão...

Mas não conseguiu concluir; Nádia puxou-o pela manga com todas as forças e o afastou de Veltchanínov.

– Deus, como o senhor é estúpido, Predpossýlov! – gritou. – Vá embora! Vá embora, vá embora e não ouse ficar escutando. Mandei-lhe que ficasse longe!... – Bateu os pés para ele e, quando o outro já tinha voltado a se esgueirar em seus arbustos, ela continuou a caminhar pela vereda, como se estivesse fora de si, para a frente e para trás, cintilando os olhinhos, com as mãos espalmadas sobre o peito.

– O senhor não acredita como eles são estúpidos! – Ela parou, de repente, na frente de Veltchanínov. – Para o senhor, é engraçado, mas veja como estou!

– Pois não é ele, não é *ele*? – riu-se Veltchanínov.

– Óbvio que não é *ele*, como pôde pensar uma coisa dessas? – Nádia sorriu e corou. – É só um amigo dele. Mas que tipo de amigo que ele escolhe, eu não entendo, todos dizem que ele é um "futuro motor"[16], e eu não entendo nada... Aleksei Ivánovitch, não tenho a quem recorrer; uma última palavra, vai entregar ou não?

– Pois bem, vou, dê-me.

– Ah, o senhor é gentil, ah, o senhor é bom! – Ficou repentinamente feliz, passando-lhe o estojo. – Por causa disso, cantarei a noite inteira para o senhor, pois eu canto lindamente, fique sabendo, e há pouco estava mentindo ao dizer que não gosto de música. Ah, se o senhor viesse mais uma vezinha, como eu ficaria contente, eu lhe contaria tudo, tudo, tudo, e ainda mais, porque o senhor é tão bom, tão bom quanto Kátia!

E, de fato, quando regressaram a casa, para o chá, ela lhe cantou duas romanças, com voz ainda não completamente educada, de principiante recente, mas bastante agradável e com força. Pável Pávlovitch, quando todos voltavam do jardim, estava solidamente sentado com os pais à mesa do chá, onde já fervia o grande samovar doméstico, e tinham sido dispostas as xícaras de porcelana de Sèvres da família. Provavelmente, deliberava coisas bastante importantes com os velhos – já que, dali a dois dias, partiria por nove meses. Para os que vinham do jardim,

---

16 Na publicística radical da década de 1860, chamavam de "motores" do progresso as pessoas de vanguarda, revolucionárias. (N. E.)

especialmente Veltchanínov, nem olhou; também era evidente que não "fofocava" e que tudo até então estava tranquilo.

Mas, quando Nádia começou a cantar, ele também apareceu, de súbito. Nádia, de propósito, não respondeu a uma pergunta direta dele, mas isso não fez Pável Pávlovitch confundir-se nem vacilar; ficou atrás da cadeira dela, e todo o seu ar demonstrava que aquele era seu lugar e que não o cederia a ninguém.

– Aleksei Ivánovitch vai cantar, *maman*, Aleksei Ivánovitch quer cantar! – gritaram quase todas as moças, comprimindo-se contra o piano, ao qual Veltchanínov sentara-se, seguro de si, preparando-se para acompanhar-se. Também entraram os velhos e Katerina Fedossêievna, que estava sentada com eles, servindo o chá.

Veltchanínov escolheu uma romança de Glinka, que até então quase ninguém conhecia:

Quando, na hora alegre, abres a boquinha[17],
E arrulhas para mim, mais meiga que a pombinha...

Cantou-a dirigindo-se apenas para Nádia, que estava junto ao seu cotovelo e mais próxima dele do que todos. Não tinha voz há muito tempo, mas, pelos restos, vira-se que antes não fora má. Veltchanínov pudera ouvir essa romança pela primeira vez há vinte anos, quando ainda era estudante, pelo próprio Glinka, na casa de um amigo do finado compositor, em um sarau literário-artístico de solteiros. Glinka empolgou-se e cantou todas as favoritas dentre suas composições, incluindo essa romança. Nessa época, ele também não tinha mais voz, mas Veltchanínov lembrava-se da impressão extraordinária produzida exatamente por essa romança. Um artista, cantor de salão, jamais conseguiria o mesmo

---

17 *Para ela*, romança do "pai" da música nacional russa, Mikhail Glinka (1804-1857), sobre versos do poeta polonês Adam Mickiewicz (1798-1855), traduzidos para o russo por Serguei Golítsyn. De acordo com a edição russa, Dostoiévski ouviu Glinka cantar em um sarau literário-musical, em 1849. (N. T.)

efeito. Nessa romança, a tensão da paixão vai elevando-se e aumentando a cada verso, a cada palavra; justamente em razão da força dessa tensão extraordinária, a menor falsidade, o menor exagero e inverdade, que tão fácil escapam na ópera, aqui arruinariam e deturpariam todo o sentido. Para cantar essa obra pequena, porém extraordinária, é indispensável verdade, é indispensável inspiração plena e verdadeira, paixão verdadeira ou sua plena assimilação poética. De outra forma, a romança não apenas fracassa completamente, como pode até mostrar-se hedionda, quase desavergonhada: não seria possível manifestar tamanha força da tensão do sentimento apaixonado sem suscitar repulsa, mas a verdade e a *candura* salvaram tudo. Veltchanínov lembrava-se de que tivera êxito outrora com essa romança. Quase assimilou o jeito de cantar de Glinka; mas, agora, ao primeiro som, ao primeiro verso, uma inspiração verdadeira ardia-lhe na alma e tremia-lhe na voz. A cada palavra da romança, prorrompia e desnudava-se, com força e ousadia cada vez maior, o sentimento; nos últimos versos, ouviam-se gritos de paixão e, quando ele cantou, voltando-se para Nádia, com os olhos cintilantes, as últimas palavras da romança:

> *Agora te fito nos olhos com mais ousadia,*
> *Aproximo os lábios, sem forças de ouvir,*
> *Quero beijar, beijar, beijar!*
> *Quero beijar, beijar, beijar!*

Nádia quase tremeu de susto, até recuou um tiquinho; o rubor enchia-lhe as faces e, nesse instante, uma simpatia por Veltchanínov faiscou em seu rostinho acanhado, quase intimidado. Fascínio e, ao mesmo tempo, perplexidade refletiam-se no rosto de todos os ouvintes; todos pareciam ter a impressão de que era impossível e vergonhoso cantar daquele jeito e, ao mesmo tempo, todos aqueles rostinhos e olhinhos ardiam e cintilavam e pareciam aguardar algo mais. Entre esses rostos, faiscou especialmente diante de Veltchanínov o de Katerina Fedossêievna, que se fizera quase lindo.

– Que romança! – balbuciou o velho Zakhlebínin, pasmado. – Mas... não é forte demais? Agradável, mas forte...

– Forte... – quis replicar também madame Zakhlebínina, mas Pável Pávlovitch não a deixou concluir; de repente, deu um salto para a frente e, como doido, esqueceu-se de si mesmo a ponto de pegar Nádia pela mão e afastá-la de Veltchanínov, na direção do qual saltou e para o qual olhava, desconcertado, movendo os lábios trêmulos.

– Um minutinho, senhor – mal conseguiu proferir, por fim.

Veltchanínov via com clareza que, mais um minuto, e aquele senhor podia decidir-se a algo dez vezes mais descabido; tomou-o rápido pela mão e, sem dar atenção à perplexidade geral, levou-o ao balcão e até deu uns passos com ele no jardim, no qual já escurecera quase completamente.

– O senhor entende que deve ir embora comigo agora mesmo, neste mesmo instante? – proferiu Pável Pávlovitch.

– Não, não entendo...

– O senhor se lembra – prosseguiu Pável Pávlovitch, em seu sussurro frenético –, lembra-se de como exigiu de mim então que eu lhe contasse tudo, *tudo,* com franqueza, senhor, "até a última palavra", lembra-se, senhor? Bem, chegou a hora de lhe dizer esta palavra, senhor... Vamos, senhor!

Veltchanínov pensou, olhou mais uma vez para Pável Pávlovitch e concordou em partir.

O anúncio repentino de sua partida alvoroçou os pais e revoltou terrivelmente todas as moças.

– Pelo menos mais uma xícara de chá... – gemeu, queixosa, madame Zakhlebínina.

– Mas por que você está tão alvoroçado? – o velho dirigiu-se, em um tom severo e insatisfeito, a Pável Pávlovitch, que se ria em silêncio.

— Pável Pávlovitch, por que está levando Aleksei Ivánovitch embora? — arrulhavam, queixosas, as moças, fitando-o ao mesmo tempo de forma encarniçada. Nádia olhava-o com tanta raiva que ele se torceu todo, mas não se rendeu.

— Mas, de fato, Pável Pávlovitch, agradeço a ele, mencionou-me um assunto extraordinariamente importante, que eu poderia deixar passar — riu-se Veltchanínov, apertando a mão do anfitrião e fazendo reverências à anfitriã e às moças, especialmente, acima de todas, a Katerina Fedossêievna, o que foi novamente observado por todos.

— Somos gratos pela visita, e sempre teremos prazer, sempre — concluiu Zakhlebínin, sério.

— Ah, ficamos tão contentes... — secundou, com sentimento, a mãe da família.

— Volte, Aleksei Ivánovitch! Volte! — soaram inúmeras vozes do balcão, quando ele já estava sentado na caleche com Pável Pávlovitch; houve ainda uma vozinha isolada, falando mais baixo do que as outras: "Venha, querido, querido Aleksei Ivánovitch!"

"É a ruivinha!", pensou Veltchanínov.

O LADO DE QUEM É MAIOR

Podia pensar na ruivinha, mas, além disso, o enfado e o arrependimento já lhe atormentavam a alma há tempos. Pois, durante todo aquele dia, aparentemente passado de forma tão divertida, a angústia quase não o deixou. Antes de cantar a romança, já não sabia como fugir dela; talvez por causa disso tivesse cantado com tamanho arrebatamento.

"Como pude me rebaixar tanto... perder noção de tudo!", quis começar a recriminar-se, mas apressadamente interrompeu os pensamentos. Pois parecia humilhante lamuriar-se; seria muito mais agradável zangar-se logo com alguém.

– Im-be-cil! – sussurrou, com raiva, olhando de soslaio para Pável Pávlovitch, que estava sentado ao seu lado, em silêncio.

Pável Pávlovitch calava-se obstinadamente, talvez concentrando-se e preparando-se. Com gestos impacientes, tirava às vezes o chapéu e enxugava a testa com o lenço.

– Está suando! – irritava-se Veltchanínov.

Só uma vez Pável Pávlovitch abordou o cocheiro com uma pergunta: "Haverá tempestade ou não?"

– E-e como! Vai ter, sem falta; ficou abafado o dia inteiro.

De fato, o céu escurecia, e relâmpagos isolados fulguravam. Entraram na cidade já às dez e meia.

– Vou à sua casa – Pável Pávlovitch preveniu Veltchanínov, quando já estavam perto da residência.

– Entendo; mas informo-lhe que me sinto seriamente mal...

– Não demoro, não demoro!

Quando estavam cruzando o portão, Pável Pávlovitch correu, por um minutinho, até Mavra, na zeladoria.

– Por que correu para lá? – perguntou Veltchanínov, severo, quando o outro alcançou-o e eles entraram no quarto.

– Por nada, senhor, é que... o cocheiro, senhor...

– Não vou lhe dar de beber!

Não houve resposta em seguida. Veltchanínov acendeu as velas, e Pável Pávlovitch imediatamente sentou-se na poltrona. Veltchanínov parou na frente dele, carrancudo.

– Também prometi lhe dizer minha "última" palavra – começou, com irritação interna, ainda contida –, e está aqui, a palavra: considero, segundo minha consciência, que todos os assuntos entre nós estão mutuamente encerrados, de modo que não há mais do que falar; ouça, não há mais; portanto, não seria melhor o senhor ir embora agora, e eu trancar a porta?

– Vamos acertar as contas, Aleksei Ivánovitch! – afirmou Pável Pávlovitch, fitando-o nos olhos, porém de forma dócil.

– A-cer-tar as contas? – Veltchanínov ficou terrivelmente surpreso. – Que expressão estranha o senhor disse! Já não "acertamos"? Bah! É essa a "última palavra" que o senhor há pouco me prometeu... revelar?

– Ela mesma, senhor.

– Não temos nada mais a acertar, acertamo-nos há tempos! – proferiu Veltchanínov, com orgulho.

— Acha mesmo, senhor? – afirmou Pável Pávlovitch, com voz penetrante, colocando as mãos diante do peito de forma estranha, com os dedos cruzados. Veltchanínov não lhe respondeu e pôs-se a caminhar pelo quarto. "Liza? Liza?", gemia em seu coração.

— Aliás, que contas deseja acertar? – dirigiu-se a ele, carrancudo, após um silêncio bastante prolongado. O outro seguira-o com os olhos pelo quarto o tempo todo, com as mãos dispostas como antes.

— Não vá mais lá, senhor – este disse, quase sussurrando, com voz de súplica, e ergueu-se da cadeira de repente.

— Como? Então era só isso? – Veltchanínov deu um riso raivoso. – Contudo, hoje o senhor me espantou o dia inteiro! – começou, venenoso, mas de repente todo o seu rosto se alterou. – Ouça-me – proferiu, triste e com sentimento profundo e sincero –, considero que nunca me rebaixei tanto como hoje. Em primeiro lugar, concordando em ir com o senhor e, depois, com o que aconteceu ali... Foi tão mesquinho, tão penoso... Eu me emporcalhei e me aviltei ao me ligar... e esquecer... Tanto faz! – Caiu em si, de repente. – Ouça: hoje o senhor me pegou, por acaso, irritado e doente... mas não há para que me justificar! Não vou mais lá e asseguro-lhe que não tenho nenhum interesse lá – concluiu, determinado.

— É mesmo, é mesmo? – gritava Pável Pávlovitch, sem escutar sua agitação e contentamento. Veltchanínov fitou-o com desprezo e voltou a perambular pelo quarto.

— O senhor, ao que parece, resolveu ser feliz a todo custo? – por fim, não aguentou e observou.

— Sim, senhor – confirmou Pável Pávlovitch, em voz baixa, ingênuo. "Que me importa", pensava Veltchanínov, "ele ser um palhaço e malvado só por estupidez? Mesmo assim, não tenho como não o odiar, embora ele não valha isso!"

— Sou um "eterno marido"! – afirmou Pável Pávlovitch, zombando de si mesmo com resignação humilhante. – Conheci essa expressão pelo senhor, faz tempo, Aleksei Ivánovitch, quando o senhor ainda vivia lá, conosco. Lembro-me de muitas palavras suas de então, daquele ano. Da última vez, quando o senhor disse, aqui, "eterno marido", eu entendi.

Mavra entrou com uma garrafa de champanhe e dois copos.

– Perdão, Aleksei Ivánovitch, o senhor sabe que, sem isso, eu não consigo. Não considere uma insolência; encare-me como alguém estranho, que não vale...

– Sim... – permitiu Veltchanínov, com repulsa. – Mas asseguro-lhe que me sinto mal...

– Logo, logo, agora, em um minuto! – intercedeu Pável Pávlovitch. – Só um copinho, ao todo, pois a garganta...

Tomou o copo com avidez, de um só gole, e sentou-se, fitando Veltchanínov quase com ternura. Mavra saiu.

– Que insolência! – sussurrou Veltchanínov.

– São só amiguinhas, senhor! – afirmou de repente, com disposição, Pável Pávlovitch, que estava completamente animado.

– Como? O quê? Ah, sim, o senhor continua falando disso...

– Só amiguinhas, senhor! E, ademais, ainda tão jovens; fanfarronice por serem graciosas, é isso! É até encantador. Mas lá, lá o senhor sabe: serei seu escravo; verá a honra, a sociedade... há de se reeducar completamente, senhor.

"Contudo, tenho que lhe dar o bracelete!". Veltchanínov franziu o cenho, apalpando o estojo no bolso de seu casaco.

– O senhor está dizendo que resolvi ser feliz? Preciso me casar, Aleksei Ivánovitch – prosseguiu Pável Pávlovitch, em tom confidencial e quase tocante –, senão o que será de mim? O senhor está vendo! – apontou para a garrafa. – E isso é apenas um centésimo... das qualidades. Não posso passar de jeito nenhum sem casamento, sem uma nova fé; acreditarei e ressuscitarei, senhor.

– Mas por que está me comunicando isso? – Veltchanínov quase bufou de rir. Aliás, tudo aquilo lhe parecia absurdo.

– Mas diga-me, por fim – gritou –, para que me arrastou até lá? Para que precisava de mim?

– Para experimentar, senhor... – Pável Pávlovitch, de repente, ficou atrapalhado.

– Experimentar o quê?

– O efeito, senhor... Pois veja, Aleksei Ivánovitch, faz só uma semana que eu... procuro lá. – Atrapalhava-se cada vez mais. – Ontem encontrei-o e pensei: "Eu ainda não a vi em companhia, por assim dizer, de um estranho, ou seja, masculina, além de mim..." Uma ideia estúpida, senhor, eu mesmo sinto agora; um excesso. Tive muita vontade, senhor, devido ao meu mau caráter... – De repente, ergueu a cabeça e corou.

"Será mesmo que ele está dizendo toda a verdade?", Veltchanínov ficou petrificado de surpresa.

– Bem, e então? – perguntou.

Pável deu um sorriso doce e ardiloso.

– É só uma infância encantadora! Todas amiguinhas, senhor! Perdoe apenas meu comportamento estúpido de hoje diante do senhor, Aleksei Ivánovitch; nunca mais faço, senhor; e isso nunca mais vai acontecer.

– E também não estarei lá – riu-se Veltchanínov.

– Em parte, estou falando por causa disso.

Veltchanínov entortou um pouco a cara.

– Contudo, eu não sou o único no mundo – observou, irritado.

Pável Pávlovitch voltou a corar.

– É triste para mim ouvir isso, Aleksei Ivánovitch, e creia, tenho muito respeito por Nadiejda Fedossêievna...

– Desculpe, desculpe, não queria nada... Só estranho um pouco o senhor ter exagerado tanto meus recursos... e tenha tido uma esperança tão sincera em mim...

– Tive esperança, senhor, justamente porque isso foi depois de tudo... que já aconteceu.

– Ou seja, se é assim, agora o senhor me considera um homem nobre? – Veltchanínov parou de repente. No mesmo instante, horrorizou-se com a ingenuidade de sua pergunta repentina.

– Sempre considerei, senhor – Pável Pávlovitch baixou os olhos.

– Pois bem, óbvio... não estou falando disso, ou seja, não nesse sentido... Só queria dizer que, apesar de quaisquer... prevenções...

– Sim, senhor, apesar das prevenções.

– E quando veio para São Petersburgo? – Veltchanínov não conseguiu se conter, sentindo toda a monstruosidade de sua curiosidade.

– Quando vim para São Petersburgo, também o considerava um homem nobilíssimo, senhor. Sempre o respeitei, Aleksei Ivánovitch. – Pável Pávlovitch levantou os olhos e fitou seu oponente com clareza, sem se atrapalhar nem um pouco. Veltchanínov de repente acovardou-se: decididamente, não queria que algo acontecesse ou que algo passasse dos limites, ainda mais provocado por ele.

– Eu gostava do senhor, Aleksei Ivánovitch – afirmou Pável Pávlovitch, como se tivesse decidido de repente –, e gostei por todo aquele ano em T*. O senhor não reparava – prosseguiu, com voz meio trêmula, para definitivo pavor de Veltchanínov –, eu era demasiado ínfimo em comparação com o senhor, para me fazer notar. E talvez não fosse necessário, senhor. E, por todos esses nove anos, lembrei-me do senhor, pois nunca conheci na minha vida um ano como aquele. – Os olhos de Pável Pávlovitch brilharam de forma especial. – Lembro-me de muitas de suas palavras e máximas, de suas ideias. Sempre me lembrava do senhor pelo ardor que tinha para com os bons sentimentos, como um homem instruído, altamente instruído, e de ideias. "Grandes ideias não decorrem tanto de uma grande mente quanto de um grande sentimento", o senhor mesmo o disse, talvez tenha se esquecido, mas eu me lembro. Sempre o considerei um homem de grande sentimento... ou seja, e confiava... apesar de tudo... – Seu queixo sacudiu de repente.

Veltchanívov estava absolutamente assustado; aquele tom inesperado tinha que cessar a qualquer custo.

– Basta, por favor, Pável Pávlovitch – ele murmurou, enrubescendo, com impaciência irritada –, e para que, para que – gritou de repente –, para que se apegar a um homem doente, irritadiço, quase delirante, e arrastá-lo para essas trevas... quando tudo é espectro, miragem, mentira, vergonha, artificial e desmedido, e isso é o principal, é o mais vergonhoso de tudo a desmedida! É tudo um absurdo: nós dois somos pessoas depravadas, subterrâneas, vis... E, se quiser, se quiser, agora mesmo demonstro-lhe que o senhor não apenas não gosta de mim, como me odeia, com todas as forças, e que está mentindo, mesmo sem saber: o senhor me pegou e levou para lá não com esse fim ridículo de testar a noiva (como isso pode passar pela cabeça?), mas simplesmente viu-me ontem, *enfureceu-se* e me chamou, para me mostrar e dizer: "Veja que beleza! Será minha; tente agora com essa!" O senhor me fez um desafio! Pode ser que o senhor mesmo não soubesse, mas foi assim, pois o senhor sentiu tudo isso... E, sem ódio, não é possível fazer um desafio desses; ou seja, o senhor me odeia! – Ele corria pelo quarto, gritando, e o que mais o atormentava e ofendia era a consciência humilhante de ser condescendente a tal ponto com Pável Pávlovitch.

– Queria fazer as pazes com o senhor, Aleksei Ivánovitch! – o outro proferiu, de repente, resoluto, com um sussurro rápido, e seu queixo voltou a pular. Uma fúria desenfreada apoderara-se de Veltchanínov, como se nunca alguém lhe tivesse infligido tamanha ofensa!

– Digo-lhe mais uma vez – berrou – que o senhor se pendurou... em um homem doente e irritadiço... para arrancar-lhe uma palavra impensável, em delírio! Nós... ora, somos pessoas de mundos diferentes, compreenda isso, e... e... entre nós jaz um túmulo! – sussurrou, frenético, e de repente voltou a si.

– E como o senhor sabe – o rosto de Pável Pávlovitch desfigurou-se e empalideceu de repente –, como o senhor sabe o que significa esse pequeno túmulo aqui... para mim? – gritou, avançando para Veltchanínov e, com um gesto ridículo, porém terrível, golpeando com o punho o próprio coração. – Conheço esse pequeno túmulo aqui, e nós dois estamos nos lados desse túmulo, só que o meu é maior do que o seu, maior, senhor... – sussurrou, como se delirasse, sempre batendo no coração –, maior, maior... maior... – De repente, um toque inesperado da sineta da porta fez com que ambos voltassem a si. Tocavam tão forte que alguém parecia ter jurado arrancar a sineta ao primeiro golpe.

– Não tocam assim aqui em casa – proferiu Veltchanínov, perturbado com o som.

– E não é para mim, senhor – sussurrou, acanhado, Pável Pávlovitch, que também recobrara os sentidos e, instantaneamente, transformara-se no Pável Pávlovitch de antes. Veltchanínov franziu o cenho e foi abrir a porta.

– O senhor Veltchanínov, se não me engano? – ouviu-se uma voz jovem, sonora e extraordinariamente autoconfiante na antessala.

– O que deseja?

– Tenho a informação segura – prosseguiu a voz sonora – que um certo Trussótski se encontra em sua casa no presente instante. Preciso vê-lo agora, sem falta. – Veltchanínov, naturalmente, apreciaria enxotar aquele senhor autoconfiante com um pontapé, pela escada. Mas ele repensou, afastou-se e deixou-o passar.

– Aqui está o senhor Trussótski, entre...

SÁCHENKA E NÁDIENKA[18]

No quarto, entrou um homem muito jovem, de vinte anos, talvez até um pouco menos, de tão juvenil que parecia seu rosto belo, erguido, autoconfiante. Não estava mal vestido ou, pelo menos, tudo lhe caía bem; tinha estatura acima da média; cabelos negros, espessos, eriçados, e os olhos grandes, ousados, escuros eram o que mais se destacava em sua fisionomia. Apenas seu nariz era um pouco largo e virado para cima; não fosse por isso, seria um verdadeiro bonitão. Entrou de forma imponente.

– Eu, ao que parece, estou tendo a oportunidade de falar com o senhor Trussótski –, afirmou compassadamente e assinalando com especial satisfação a palavra "oportunidade", dando assim a entender que não podia haver para ele alguma honra e algum prazer em falar com o senhor Trussótski.

Veltchanínov começou a entender; aparentemente, Pável Pávlovitch também já discernia algo. Em seu rosto, manifestava-se preocupação; todavia, continha-se.

---

18 Diminutivos, respectivamente, de Aleksandr e Nadiejda. (N. T.)

— Como não tenho a honra de conhecê-lo — respondeu, garboso —, suponho que não posso ter algum assunto com o senhor.

— O senhor primeiro escute, para depois dizer sua opinião — proferiu em tom autoconfiante e moralizador o jovem e, tirando o lornhão de arco de tartaruga, que pendia em um cordão, pôs-se a examinar com ele a garrafa de campanha que estava na mesa. Tendo concluído tranquilamente a inspeção da garrafa, guardou o lornhão e, voltando a dirigir-se a Pável Pávlovitch, afirmou:

— Aleksandr Lóbov.

— E quem é esse Aleksandr Lóbov, senhor?

— Sou eu. Não ouviu falar?

— Não, senhor.

— Aliás, como saberia? Tenho um assunto importante, que se refere especialmente ao senhor; permita, contudo, que me sente, estou cansado...

— Sente-se — convidou Veltchanínov, mas o jovem fizera-o antes da proposta. Apesar da crescente dor no peito, Veltchanínov interessava-se por aquele pequeno insolente. Em seu rostinho formoso, infantil e corado parecia haver uma semelhança distante com Nádia.

— Sente-se também o senhor — o jovem propôs a Pável Pávlovitch, apontando-lhe, com um menear desleixado da cabeça, o lugar na sua frente.

— Tudo bem, senhor, fico em pé.

— Vai se cansar. O senhor Veltchanínov talvez possa não sair.

— Não tenho para onde sair, estou em casa.

— Como queira. Reconheço que até queria que o senhor presenciasse minha explicação com esse senhor. Nadiejda Fedossêievna recomendou-me o senhor de forma bastante lisonjeira.

— Bah! Quando ela conseguiu fazer isso?

— Logo depois da sua saída, também estou vindo de lá. É o seguinte, senhor Trussótski — virou-se para Pável Pávlovitch, que estava de pé —, nós, ou seja, eu e Nadiejda Fedossêievna — proferiu, entredentes, refestelando-se desleixadamente na poltrona — já nos amamos, há muito tempo, e demos nossa palavra um ao outro. O senhor agora é um obstáculo entre nós. Vim lhe propor que libere o caminho. Gostaria de concordar com minha proposta?

Pável Pávlovitch até cambaleou; empalideceu, mas um sorriso sarcástico imediatamente sobressaiu em seu rosto.

– Não, senhor, não gostaria nem um pouco – retrucou, lacônico.

– Veja isso! – O jovem virou-se na poltrona, cruzando as pernas.

– Nem sei com quem estou falando – acrescentou Pável Pávlovitch –, acho até que não há por que continuar.

Após dizer isso, também achou necessário se sentar.

– Eu disse que iria se cansar – observou o jovem, com desleixo – e tive agora a oportunidade de informar-lhe que meu sobrenome é Lóbov e que eu e Nadiejda Fedossêievna demos nossa palavra um ao outro; consequentemente, o senhor não pode dizer, como fez agora, que não sabe com quem está lidando; e também não pode pensar que não há por que continuar a conversa: já não estou falando de mim, o assunto se refere a Nadiejda Fedossêievna, que o senhor importuna de forma tão atrevida. Apenas isso já constitui motivo suficiente para explicações.

Proferiu tudo isso entredentes, de modo fátuo, pouco se dignando sequer a pronunciar as palavras; chegou até a voltar a sacar o lornhão e dirigi-lo por um minuto a alguma coisa, enquanto falava.

– Permita-me, jovem... – quis exclamar, irritado, Pável Pávlovitch, mas o "jovem" subitamente o enquadrou.

– Em qualquer outra hora, eu, naturalmente, iria proibi-lo de me chamar de "jovem", mas agora o senhor há de convir que minha juventude é minha principal vantagem contra o senhor e que o senhor desejaria, por exemplo, hoje, quando lhe deu o bracelete, ser um bocadinho mais jovem.

– Ah, sua bisca! – sussurrou Veltchanínov.

– Em qualquer caso, prezado senhor – recobrou-se Pável Pávlovitch, com dignidade –, mesmo assim não acho que os motivos apresentados pelo senhor, motivos indecorosos e bastante duvidosos, sejam suficientes para continuarem a ser debatidos. Vejo que tudo isso é uma questão infantil e vazia; amanhã mesmo vou inquirir o honradíssimo Fedossei Semiónovitch, mas agora peço-lhe que se despeça, senhor.

– Vejam qual é o feitio desse homem! – gritou o jovem, de súbito, sem manter o tom, dirigindo-se, ardente, a Veltchanínov. – Não basta terem-no expulsado de lá, mostrando-lhe a língua, ele ainda quer nos delatar amanhã ao velho! Seu teimoso, o senhor não está demonstrando com isso que quer tomar a moça à força, comprá-la de gente que perdeu o juízo e que, em consequência da barbárie social, conserva seu poder sobre ela? Afinal, ao que parece, ela já lhe demonstrou suficientemente que o despreza; pois não lhe devolveu seu presente indecente de hoje, o bracelete? O que mais o senhor quer?

– Ninguém me devolveu bracelete nenhum, e isso não pode acontecer. – Pável Pávlovitch estremeceu.

– Como não pode? Por acaso o senhor Veltchanínov não lhe entregou o bracelete?

"Ah, o diabo que o carregue", pensou Veltchanínov.

– De fato – afirmou, carrancudo –, Nadiejda Fedossêievna encarregou-me há pouco de entregar-lhe, Pável Pávlovitch, este estojo. Eu não aceitei, mas ela... pediu... está aqui... desgosta-me...

Sacou o estojo e depositou-o, embaraçado, diante do estupefato Pável Pávlovitch.

– Por que o senhor não tinha entregado até agora? – o jovem dirigiu-se a Veltchanínov com severidade.

– Ora, não tive tempo. – O outro franziu o cenho.

– É estranho.

– O quê-ê-ê?

– O senhor há de convir que pelo menos é estranho. Aliás, concordo em admitir que aqui... há um mal-entendido.

Veltchanínov estava com uma vontade terrível de levantar-se naquele mesmo instante e puxar as orelhas do moleque, mas não conseguiu se conter e, de repente, estourou de rir; o menino imediatamente também riu. O mesmo não se passava com Pável Pávlovitch; se Veltchanínov pudesse reparar no olhar terrível que ele lançava contra si, teria entendido que aquele homem, naquele minuto, cruzava um limite fatal... Mas Veltchanínov, embora não visse o olhar, entendeu que era preciso apoiar Pável Pávlovitch.

– Ouça, senhor Lóbov – começou, em tom amistoso –, sem entrar em considerações sobre outros motivos, dos quais não desejo tratar, observar-lhe-ia apenas que Pável Pávlovitch, mesmo assim, ao pedir a mão de Nadiejda Fedossêievna, conta, em primeiro lugar, com seu pleno conhecimento por parte daquela família honrada; em segundo lugar, com sua situação pessoal honrada; por fim, com um patrimônio e, consequentemente, deve naturalmente espantar-se com um rival como o senhor, um homem, talvez, de grande dignidade, mas ainda tão jovem que ele não tem como reconhecê-lo como um rival sério... e, por isso, está certo ao lhe pedir que termine.

– O que quer dizer "ainda tão jovem"? Já faz um mês que completei dezenove anos. Pela lei, posso me casar há tempos. É tudo.

– Mas que pai se decidiria a lhe dar a mão de sua filha agora, ainda que no futuro venha a ser um multimilionário ou um futuro benfeitor da humanidade? Um homem de dezenove anos não pode sequer responder por si, e o senhor ainda deseja assumir a responsabilidade pelo futuro de outra pessoa, ou seja, pelo futuro de alguém que é tão criança como o senhor! Afinal, isso também não é absolutamente nobre, não acha? Permiti-me manifestar porque o senhor mesmo, há pouco, dirigiu-se a mim como um intermediário entre o senhor e Pável Pávlovitch.

– Ah, sim, então o nome dele é Pável Pávlovitch! – observou o jovem.

– Como fui achar que era Vassíli Petróvitch? É o seguinte – dirigiu-se a Veltchanínov –, o senhor não me surpreende nem um pouco; eu sabia que vocês eram todos iguais! Estranho, contudo, que tenham me falado do senhor como um homem de mentalidade até nova. Aliás, tudo isso é bobagem, a questão é que aqui não apenas não há nada que não seja nobre da minha parte, como o senhor se permitiu dizer, como é absolutamente o contrário, o que espero lhe explanar: em primeiro lugar, demos a palavra um ao outro; além disso, prometi a ela, de forma direta, diante de duas testemunhas, que, se ela se apaixonar por outro, ou simplesmente se arrepender de ter se casado comigo, e quiser se separar, eu imediatamente lhe dou uma ata de meu adultério. E dessa forma apoiarei, da forma devida, seu pedido de divórcio. E tem mais: no caso de eu em seguida renegar a promessa e recusar-me a entregar essa ata, como garantia, no dia de nosso casamento, dou-lhe uma letra de câmbio de cem mil rublos, de modo que, no caso de eu teimar em não entregar a ata, ela pode imediatamente apresentar essa letra, e vou parar no xadrez! Desta forma, está tudo garantido, e eu não arrisco o futuro de ninguém. Pois bem, é isso, em primeiro lugar.

– Aposto que isso foi inventado por aquele, como se chama, Predpossýlov – gritou Veltchanínov.

– Hi, hi, hi – Pável Pávlovitch deu um risinho venenoso.

– Por que esse senhor está com risinhos? O senhor adivinhou, foi ideia de Predpossýlov; convenha que é ardiloso. A lei é absurda, e absolutamente paralisada. Óbvio que tenciono amá-la para sempre, e ela dá terríveis gargalhadas, mesmo assim é ardiloso e, convenha, que é nobre, algo que nem todos se decidiriam a fazer.

– Para mim, não apenas não é nobre, como até vil.

O jovem deu de ombros.

– Novamente, o senhor não me surpreende – observou, após algum silêncio. – Tudo isso parou de me surpreender há bastante tempo. Predpossýlov retrucar-lhe-ia diretamente que essa sua incompreensão das coisas mais naturais decorre da deturpação dos seus sentimentos e conceitos mais corriqueiros, em primeiro lugar, por causa da longa vida absurda e, em segundo, da longa ociosidade. Aliás, talvez nós ainda não estejamos nos entendendo; mesmo assim, falaram-me bem do senhor... O senhor, por acaso, já tem cinquenta anos?

– Passe ao assunto, por favor.

— Desculpe minha indiscrição e não se agaste; não foi minha intenção. Continuando: não sou absolutamente um futuro multimilionário, como o senhor se permitiu dizer (e que ideia foi essa!). Sou por inteiro assim, como está vendo, porém, em compensação, estou absolutamente seguro de meu futuro. Não serei nenhum herói nem benfeitor, mas garantirei a mim e à minha esposa. Claro que agora não tenho nada, até fui criado na casa deles, desde a infância...

— Como assim?

— Bem, sou filho de um parente distante da esposa de Zakhlebínin, e, quando todos da minha família morreram e me deixaram sozinho, com oito anos, o velho me levou à casa dele e, depois, entregou ao colégio. Esse homem é até bom, se quiser saber...

— Sei disso, senhor...

— Sim; mas é uma cabeça demasiado antiquada. Aliás, é bom. Agora, naturalmente, já saí há tempos de sua tutela, desejando ganhar sozinho a vida e ter obrigações apenas para comigo mesmo.

— E quando saiu? — Veltchanínov ficou curioso.

— Já vai para quatro meses.

— Ah, então agora tudo está entendido: amigos de infância! E então, tem um emprego?

— Sim, privado, no escritório de um notário, ganhando vinte e cinco por mês. Claro que é só por enquanto, mas, quando fiz a proposta, não tinha nem isso. Então trabalhava na ferrovia, por dez rublos, mas tudo isso é só por enquanto.

— Então o senhor fez também uma proposta de casamento?

— Uma proposta formal, e já há tempos, três semanas.

— Bem, e daí?

— O velho riu muito, depois ficou muito zangado e trancou-a lá em cima, na água-furtada. Mas Nádia aguentou heroicamente. Aliás, todo o fracasso foi porque antes ele já saíra do sério comigo, já que eu larguei um emprego no departamento que ele me arrumara há quatro meses, antes ainda da ferrovia. É um velho ótimo, volto a dizer, em casa é simples e alegre, mas, basta estar no departamento que o senhor não pode imaginar! É um Júpiter! Naturalmente, fi-lo saber que seus modos pararam de me agradar, mas o principal aí veio do auxiliar da auditoria: esse senhor inventou de queixar-se de que eu tinha sido "rude" com ele; mas eu apenas lhe disse que ele era inculto. Larguei tudo, e agora estou com o notário.

– E ganhava muito no departamento?

– Ah, era extranumerário! O velho é quem me dava o sustento. Estou lhe dizendo, ele é bom; mas mesmo assim não cederemos. Claro que vinte e cinco rublos não são garantia, mas espero logo participar da administração das propriedades desorganizadas do conde Zavilêiski, então serão três mil; senão, viro advogado. Atualmente, procuram gente... Bah! Que trovão, vai ter tempestade, que bom que cheguei antes dela; vim a pé de lá, quase só correndo.

– Mas, permita-me, se é assim, como o senhor conseguiu falar com Nadieja Fedossêievna, quando não é recebido por lá?

– Ah, mas dá, através da cerca! Reparou na ruivinha, há pouco? – riu-se. – São ela e Mária Nikítichna que arrumam tudo; só que essa Mária Nikítichna é uma víbora!... Por que está franzindo o cenho? Está com medo do trovão?

– Não, é que estou passando mal, bem mal... – Veltchanínov, de fato, atormentado por sua dor repentina no peito, levantou-se da poltrona e tentou caminhar pelo quarto.

– Ah, então obviamente estou incomodando. Não se preocupe, vou já! – E o jovem ergueu-se de um salto do lugar.

– Não incomoda, tudo bem – Veltchanínov veio com delicadeza.

– Como tudo bem, quando "Kobýlnikov está com dor de barriga", lembra-se de Schedrin[19]? O senhor gosta de Schedrin?

---

19 Citação do conto *Para a idade infantil* (1863), do escritor satírico Mikhail Saltykov-Schedrin (1826-1889). (N. T.)

– Sim...

– Eu também. Pois bem, Vassíli... ah, sim, ou seja, Pável Pávlovitch, vamos terminar! – dirigiu-se a Pável Pávlovitch quase rindo. – Para seu entendimento, formularei a pergunta mais uma vez: o senhor concorda em, amanhã mesmo, renunciar oficialmente diante dos velhos, e em minha presença, a todas as pretensões relativas a Nadiejda Fedossêievna?

– Não concordo nem um pouco, senhor – Pável Pávlovitch ergueu-se, com ar impaciente e endurecido –, e, aliás, mais uma vez peço para me poupar... pois tudo isso é infantilidade e estupidez, senhor.

– Veja bem! – o jovem ameaçou-o com o dedo, e com um sorriso arrogante. – Não vá errar nas contas! Sabe a que leva um erro desses nas contas? Previno-lhe que, daqui a nove meses, quando o senhor já tiver esbanjado um monte, esgotado-se, e voltar para cá, será obrigado a renunciar a Nadiejda Fedossêievna aqui mesmo e, se não renunciar, será pior; veja a que ponto está levando a coisa! Devo adverti-lo de que agora o senhor está como um cachorro no feno, desculpe, é só uma comparação, que não faz nada nem deixa fazer. Repito por humanismo: reflita, obrigue-se pelo menos uma vez na vida a refletir com ponderação.

– Peço-lhe que me poupe da moral – gritou Pável Pávlovitch, irado – e, quanto a suas insinuações sórdidas, amanhã tomarei medidas, senhor, medidas severas!

– Insinuações sórdidas? Do que está falando? Sórdido é o senhor, se tem isso na cabeça. Aliás, estou de acordo quanto a esperar até amanhã, mas se... Ah, de novo esse trovão! Até a vista, muito prazer em conhecer. – Acenou com a cabeça para Veltchanínov e saiu correndo, com pressa evidente de evitar o trovão e não ser apanhado pela chuva.

CONTAS ACERTADAS

– Viu, senhor? Viu, senhor? – Pável Pávlovitch deu um salto na direção de Veltchanínov, mal o jovem saiu.

– Sim, o senhor não tem sorte – Veltchanínov proferiu, por descuido. Não teria dito tais palavras se aquela dor crescente no peito não o atormentasse e irritasse. Pável Pávlovitch estremeceu, como se o queimassem.

– Pois bem, e o senhor, quer dizer que não me restituiu o bracelete por pena, não é?

– Não tive tempo...

– Por pena de coração, como um amigo verdadeiro sente por um amigo verdadeiro?

– Pois bem, tive pena – exasperou-se Veltchanínov.

Contou-lhe resumidamente, contudo, como recebera há pouco o bracelete de volta e como Nadiejda Fedossêievna fizera-o participar, quase à força...

– Entenda, eu não aceitaria por nada; sem isso, já tenho contrariedades suficientes!

– Arrebatou-se e aceitou! – Pável Pávlovitch deu um risinho.

– Isso é estúpido de sua parte; aliás, é preciso desculpá-lo. Agora mesmo o senhor viu que o personagem principal aqui não sou eu, são outros!

– Mesmo assim, arrebatou-se.

Pável Pávlovitch sentou-se e serviu seu copo.

– O senhor acha que vou ceder ao moleque? Vou pegar o touro a unha, isso sim! Amanhã mesmo vou e pego. Expulsaremos esse cheirinho do berçário com fumaça...

Tomou o copo quase de um só gole e voltou a enchê-lo; em geral, passou a se comportar com uma desenvoltura até então extraordinária.

– Arre, Nádienka e Sáchenka, criancinhas meigas, hi, hi, hi!

Não se continha de raiva. Voltou a soar um golpe forte de trovão; um relâmpago cintilou, ofuscante, e chovia a cântaros. Pável Pávlovitch levantou-se e fechou a janela aberta.

– Há pouco, ele lhe perguntou: "Não está com medo do trovão?" hi, hi! Veltchanínov, ter medo de trovão! Kobýlnikov está, como é isso, Kobýlnikov está... E os cinquenta anos, hein? Lembra? – escarneceu Pável Pávlovitch.

– Contudo, o senhor se instalou aqui – observou Veltchanínov, mal conseguindo pronunciar as palavras, por causa da dor. – Vou me deitar... Faça como quiser.

– Com um tempo desses, não enxotam nem cachorro – atalhou Pável Pávlovitch, ofendido e, ademais, quase alegre por ter direito a se ofender.

– Pois bem, sente-se, beba... pode passar a noite! – balbuciou Veltchanínov, esticando-se no sofá e gemendo de leve.

– Passar a noite, senhor? Mas o senhor não tem medo?

– De quê? – Veltchanínov, de repente, ergueu a cabeça.

– De nada, senhor, bobagem. Da última vez o senhor parecia assustado, ou foi só impressão minha...

– O senhor é um estúpido! – Veltchanínov não se conteve e voltou-se para a parede, com raiva.

– Tudo bem, senhor – replicou Pável Pávlovitch.

O doente adormeceu de repente, no mesmo instante em que se deitou. Toda a tensão artificial daquele dia, além do forte transtorno de saúde dos últimos tempos, parecia ter desabado, e ele estava debilitado como uma criança. Mas a dor mesmo assim prevaleceu e derrotou o cansaço e o sono; uma hora depois, ele acordou e se ergueu com sofrimento do sofá. A tempestade sossegara; o quarto enchera-se de fumaça, a garrafa estava vazia, e Pável Pávlovitch dormia no outro sofá. Estava deitado de costas, com a cabeça na almofada do sofá, totalmente vestido, e de botas. Seu lornhão escorregara do bolso e pendia pelo cordão, quase até o chão. O chapéu tombara ao lado, no solo. Veltchanínov fitou-o sombrio e não o despertou. Torcido e andando pelo quarto, pois não tinha forças para se deitar, gemia e meditava sobre sua dor.

Temia aquela dor no peito, e não sem motivo. Esses ataques acometiam-no já há tempos, porém visitavam-no muito raramente – a cada um ou dois anos. Ele sabia que era do fígado. No começo, parecia agrupar-se em algum ponto do peito, no epigástrio, ou acima, uma pressão ainda surda, não forte, mas irritante. Aumentando incessantemente, às vezes, no decorrer de dez horas seguidas, a dor por fim chegava a tamanha força, a pressão tornava-se tão insuportável, que o doente começava a ter a impressão de que morreria. No último ataque, há um ano, após uma dor de dez horas, que finalmente cessara, de repente ficou tão debilitado que, deitado na cama, mal conseguia mover o braço, e o médico, por um dia inteiro, só lhe permitiu tomar umas colherinhas de chá fraco e um bocadinho de pão molhado na canja, como se fosse uma criança de colo. Essa dor aparecera em diversas oportunidades, mas sempre quando seus nervos já estavam previamente transtornados. Também passava de forma estranha: às vezes ocorria de detê-la bem no começo, na primeira meia hora, com simples compressas, e tudo passava de uma vez; às vezes, porém, como no último ataque, nada ajudava, e a dor só cessou após eméticos, numerosos e graduais. Depois, o médico admitiu que estava certo de intoxicação. Agora, ainda estava longe de amanhecer e não queria mandar buscar médico à noite; aliás, não gostava de médicos. Por fim, não se conteve e passou a gemer alto. Os gemidos despertaram Pável Pávlovitch; ele se ergueu no sofá e ficou algum tempo sentado, ouvindo com medo e, perplexo, acompanhando com os olhos Veltchanínov, que estava quase a correr por ambos os quartos. Tomar uma garrafa inteira, o que evidentemente não acontecia sempre, exerceu um efeito forte sobre ele, que ficou muito tempo sem conseguir atinar; por fim, entendeu e lançou-se na direção de Veltchanínov; este balbuciou algo em resposta.

– É o fígado, eu sei! – De repente, Pável Pávlovitch foi tomado por uma grande excitação. – Acontecia exatamente o mesmo a Piotr Kuzmitch Polossúkhin, do fígado. Eram umas compressas, senhor. Piotr Kuzmitch sempre aplicava compressas... Mas pode morrer, senhor! Vou correr atrás de Mavra, hein?

– Não precisa, não precisa – esquivou-se Veltchanínov, irritado –, não preciso de nada.

Mas Pável Pávlovitch, Deus sabe por quê, estava quase fora de si, como se se tratasse da salvação do próprio filho. Não lhe dava ouvidos e, com todas as forças, insistia na necessidade de compressas e, acima de tudo, de duas ou três xícaras de chá fraco, tomadas de repente, "mas não só quentes, senhor, e sim fervendo!" Correu assim mesmo até Mavra, sem esperar permissão, acendeu com ela o fogo na cozinha, que estava sempre vazia, e preparou o samovar; ao mesmo tempo, conseguiu colocar o doente deitado, tirou-lhe a roupa de cima, envolveu-o em um cobertor e, em vinte minutos, aprontou o chá e a primeira compressa.

– São pratos quentes, escaldantes, senhor! – disse, quase em êxtase, depositando um prato aquecido e enrolado em um guardanapo no peito doído de Veltchanínov. – Não há outras compressas, e demoraria a consegui-las, mas os pratos, juro-lhe por minha honra, serão até melhores; foram testados em Piotr Kuzmitch, com meus próprios olhos e mãos. Afinal, pode morrer, senhor. Tome o chá, engula, não tem problema se queimar, a vida é mais preciosa... do que a faceirice...

Ele fatigou completamente a sonolenta Mavra; trocavam de prato a cada três, quatro minutos. Depois dos pratos, e da segunda xícara de chá fervendo, bebido de um só gole, Veltchanínov de repente sentiu um alívio.

– Já abalamos a dor, graças a Deus, é um bom sinal! – gritou Pável Pávlovitch e saiu correndo, alegre, atrás de outro prato e outro chá. – Basta vencer a dor! Basta fazer a dor recuar! – repetia a cada minuto.

Em meia hora, a dor arrefecera completamente, mas o doente estava esgotado a um ponto que, por mais que Pável Pávlovitch implorasse, não concordou em suportar "mais um pratinho, senhor". Seus olhos cerravam de fraqueza.

– Dormir, dormir – repetia, com fraqueza.

– Isso! – concordava Pável Pávlovitch.

– O senhor vai passar a noite... que horas são?

– Logo serão duas, falta um quarto, senhor.

– Passe a noite.

– Passo, passo.

Um minuto depois, o doente voltou a chamar Pável Pávlovitch.

– O senhor, o senhor – balbuciou, quando o outro veio ocorrendo e inclinou-se sobre ele –, o senhor é melhor do que eu! Eu entendo tudo, tudo... agradeço.

– Durma, durma – sussurrou Pável Pávlovitch e, rapidamente, na ponta dos pés, dirigiu-se a seu sofá.

Ao adormecer, o doente ouviu ainda como Pável Pávlovitch fez rapidamente a cama, em silêncio, tirou a roupa e, por fim, após apagar as velas, e quase sem respirar, para não fazer barulho, estendeu-se em seu sofá.

Sem dúvida, Veltchanínov adormeceu bem rápido, logo que as velas foram apagadas; depois, lembrou-se disso com clareza. Porém, durante todo o sono, até o momento em que acordou, sonhou que não dormia e que não conseguiria adormecer de jeito nenhum, apesar de toda a sua fraqueza. Por fim, sonhou que começava a devanear acordado e que não conseguia expulsar de jeito nenhum as visões que se apinhavam ao seu redor, apesar da plena consciência de que eram apenas delírio, e não a realidade. Todas as visões eram conhecidas; seu quarto estava todo cheio de gente, e a porta para o saguão ficava aberta; as pessoas chegavam em multidões e se apertavam na escada. À mesa, posta no meio do quarto, estava sentado um homem, tintim por tintim como sonhara há um mês. Como então, esse homem estava sentado, de cotovelos na mesa, e não queria falar; mas, agora, tinha um chapéu redondo, com crepe. "Como? Será que naquela época também era Pável Pávlovitch?", pensou Veltchanínov, mas, olhando para o rosto do homem calado, assegurou-se de que era alguém completamente diferente. "Mas por que ele está de crepe?", Veltchanínov estava perplexo. O barulho, o falatório e o grito das pessoas, que se comprimiam junto à mesa, eram terríveis. Essas pessoas pareciam ainda mais fortemente exacerbadas contra Veltchanínov do que no sonho anterior; ameaçavam-no com as mãos e gritavam-lhe algo, com todas as forças, mas o que exatamente ele não conseguia discernir de jeito nenhum. "Mas tudo isso é delírio, eu sei!", pensou. "Eu sei que não conseguia dormir, e acordei agora porque a angústia não me deixava deitar!..." Todavia, os gritos, as pessoas, os gestos, tudo aquilo era tão patente, tão real, que às vezes lhe ocorria uma dúvida. "Mas será que isso é mesmo delírio? O que essas pessoas querem de mim, meu Deus? Mas, se não for delírio, será possível que uma gritaria dessas não acordou até agora Pável Pávlovitch? Afinal, ele não está dormindo ali naquele sofá?" Por fim, de repente algo aconteceu, novamente como no outro sonho: todos precipitaram-se para a escada e comprimiram-se terrivelmente na porta, pois, da escada, jorrava para o quarto uma nova multidão. Essas pessoas carregavam algo, algo grande e pesado; dava para ouvir o peso dos passos dos carregadores, nos degraus da escada, e duas vozes ofegantes, chamando de forma apressada. No quarto, todos gritavam "Estão trazendo, estão trazendo!", todos os olhos cintilavam e cravavam-se em Veltchanínov; todos, ameaçadores e triunfantes, apontavam-lhe a escada. Sem ter mais qualquer dúvida de que tudo aquilo não era delírio, mas a verdade, ficou na ponta dos pés, para ver rápido, por entre as cabeças das pessoas, o que estavam trazendo. Seu coração palpitava, palpitava, e, de repente, tintim por tintim como no outro sonho, soaram três toques fortes de sineta. E, novamente, aquilo era tão claro, tão real, um som tão palpável que, naturalmente, um som daqueles não podia ser apenas um sonho!... Ele gritou e acordou.

    Contudo, não se lançou a correr para a porta, como da outra vez. Qual terá sido a ideia que guiou seu primeiro movimento, se é que naquele instante ele tinha alguma ideia, mas era como se alguém lhe ditasse o que precisava fazer: ele saltou da cama e precipitou-se, com os braços esticados para a frente, como se estivesse se defendendo e detendo um ataque, direto na direção em que dormia Pável Pávlovitch. Seus braços imediatamente colidiram com outros, já abertos sobre ele, que agarrou com força; ou seja, havia alguém sobre ele, inclinado. As cortinas estavam fechadas, mas não estava completamente escuro, pois, do outro quarto, onde não havia essas cortinas, já vinha uma luz fraca. De repente, algo cortou, de forma terrivelmente dolorosa, a palma e os dedos da mão esquerda, e ele instantaneamente entendeu que agarrara a lâmina de uma faca ou navalha e apertara-a com força... No mesmo instante, algo bateu no chão, de forma pesada e monocórdia.

    Veltchanínov era, talvez, três vezes mais forte do que Pável Pávlovitch, mas a luta entre eles prolongou-se por bastante tempo, três minutos ao todo. Logo curvou-o para o solo e puxou-lhe as mãos para trás, pois, por algum motivo, queria impreterivelmente atar-lhe os braços. Pôs-se a buscar, tateando, com a mão direita, segurando o assassino com a mão esquerda ferida, a corda da cortina da janela, e ficou um bom tempo sem conseguir encontrar, mas por fim pegou-a e arrancou-a. Mais tarde, espantou-se com a força sobrenatural que lhe fora exigida. Por todos esses três minutos, nem ele nem o outro proferiram palavra; só se ouvia sua respiração pesada, e os ruídos surdos da luta. Por fim, tendo torcido e amarrado as mãos de Pável Pávlovitch nas costas, Veltchanínov jogou-o no chão, descerrou a cortina da janela e ergueu a corrediça. A rua solitária já estava clara. Após abrir a janela, ficou alguns instantes parado, aspirando profundamente o ar. Já passava das quatro. Fechando a janela, foi sem pressa até o armário, apanhou uma toalha limpa e enrolou-a, apertada, na mão esquerda, para deter o sangue que escorria. A seus pés, caíra uma navalha aberta, que jazia no tapete; ele ergueu-a, fechou-a, colocou no estojo de barbear, que esquecera desde o amanhecer na mesinha ao lado do sofá em que Pável Pávlovitch dormia, e trancou o estojo a chave, na escrivaninha. Depois de fazer isso tudo, aproximou-se de Pável Pávlovitch e pôs-se a examiná-lo.

Enquanto isso, o outro já conseguira se levantar do tapete com esforço e sentar-se na poltrona. Vestia apenas roupa de baixo, estava até sem botas. Sua camisa estava empapada de sangue nas costas e nas mangas; porém o sangue não era dele, mas da mão cortada de Veltchanínov. Claro que aquele era Pável Pávlovitch, mas, no primeiro momento, seria quase impossível reconhecê-lo, caso alguém o encontrasse inesperadamente, de tanto que se alterara sua fisionomia. Estava sentado, aprumando-se na poltrona de forma desajeitada, por causa das mãos atadas nas costas, com rosto desfigurado, extenuado e esverdeado, e tremendo de vez em quando. Cravou os olhos em Veltchanínov, mas com um olhar escurecido, como se não distinguisse tudo. De repente, deu um sorriso obtuso e, apontando com a cabeça para a garrafinha de água que estava em cima da mesa, proferiu, com um cochicho breve:

– Uma aguinha, senhor.

Veltchanínov encheu um copo e deu de beber de sua própria mão. Pável Pávlovitch lançou-se avidamente à água; após três goles, levantou a cabeça e fitou muito fixamente o rosto de Veltchanínov, que estava na sua frente, com o copo na mão, mas não disse nada e seguiu a beber. Após terminar, respirou profundamente. Veltchanínov pegou seu travesseiro, apanhou a roupa de cima e dirigiu-se ao outro quarto, deixando Pável Pávlovitch trancado a chave.

A dor recente passara de todo, mas voltou a sentir uma fraqueza extraordinária após a momentânea tensão atual, para a qual Deus sabe de onde tirara forças. Quis tentar compreender os eventos, mas suas ideias conectavam-se mal; o abalo fora forte demais. Ora seus olhos cerravam, às vezes até por dez minutos, ora de repente ele estremecia, acordava, lembrava-se de tudo, erguia a mão dolorida e envolta na toalha úmida de sangue e punha-se a pensar de forma ávida e febril. Decidira com clareza só uma coisa: que Pável Pávlovitch de fato queria degolá-lo, mas que, talvez, um quarto de hora antes, nem mesmo ele soubesse que o faria. Talvez o estojo de barbear só tivesse deslizado diante de seus olhos na véspera, sem suscitar nenhuma ideia, e apenas tivesse lhe ficado na memória. A navalha sempre ficava na escrivaninha, a chave, e, apenas na manhã da véspera, Veltchanínov retirara-a, para cortar uns cabelos extras perto dos bigodes e das suíças, o que fazia às vezes.

"Se tencionasse me matar há tempos, com certeza prepararia com antecedência uma faca ou uma pistola e não contaria com minha navalha, que não tinha visto até ontem à noite", pensou, além disso.

Por fim, deram as seis da manhã. Veltchanínov despertou, vestiu-se e foi até Pável Pávlovitch. Ao abrir a porta, não pôde entender: para que deixara Pável Pávlovitch trancado e por que não o mandar embora de casa então? Para seu espanto, o prisioneiro já estava completamente vestido; provavelmente, encontrara algum jeito de se livrar. Estava sentado na poltrona, mas se levantou assim que Veltchanínov entrou. Já tinha o chapéu na mão. Seu olhar alarmado parecia dizer, apressado:

"Não comece a falar; não há por que começar; não há motivo para falar..."

– Vá embora! – disse Veltchanínov. – Pegue seu estojo – acrescentou, na direção dele.

Pável Pávlovitch virou-se, já na porta, pegou na mesa o estojo com o bracelete, enfiou-o no bolso e saiu para a escada. Veltchanínov postou-se junto à porta, para trancá-la atrás dele. Seus olhares encontraram-se pela última vez. Pável Pávlovitch de repente deteve-se, ambos se fitaram nos olhos por cinco segundos, como se vacilassem; por fim, Veltchanínov abanou a mão, fraco.

– Mas vá embora! – disse a meia voz e trancou a porta com o ferrolho.

ANÁLISE

Uma sensação de alegria extraordinária, imensa, apoderou-se dele; algo terminara, desfizera-se; a angústia terrível afastara-se e dispersara-se. Era a sua impressão. Ela se prolongara por cinco semanas. Ele ergueu a mão, olhou para a toalha empapada de sangue e murmurou consigo: "Não, agora já está tudo absolutamente acabado!" E por toda aquela manhã, pela primeira vez naquelas três semanas, ele quase não pensou em Liza, como se aquele sangue dos dedos cortados pudesse "acertar as contas" até com essa angústia.

Reconhecia com clareza que escapara de um perigo medonho. "Essas pessoas", pensou, "essas mesmas pessoas que, um minuto antes, não sabem se vão ou não degolar, são aquelas que, uma vez que pegam uma faca nas mãos trêmulas e sentem os primeiros respingos de sangue quente nos dedos, não apenas degolam, como cortam toda a cabeça, 'de vez', como dizem os forçados. É isso".

Não conseguiu ficar em casa e saiu para a rua, com a convicção de que era indispensável fazer algo agora, ou então de que agora algo lhe aconteceria, sem falta; caminhava pelas ruas e esperava. Tinha uma vontade terrível de encontrar-se com alguém, de falar com alguém, ainda que com um desconhecido, e foi só isso que finalmente levou-o à ideia de um médico, de que precisava fazer um curativo adequado na mão. O médico, que já o conhecia, após examinar a ferida, perguntou com curiosidade: "Como isso pôde acontecer?" Veltchanínov respondeu com piadas, caiu na gargalhada e esteve a ponto de contar tudo, mas conteve-se. O doutor viu-se forçado a tomar-lhe o pulso e, ao saber do ataque da noite da véspera, convenceu-o a tomar naquele mesmo instante um calmante que tinha ao alcance da mão. Também o tranquilizou quanto à ferida: "Não pode haver consequências especialmente más". Veltchanínov gargalhou e assegurou-lhe que já se manifestavam consequências excelentes. O desejo irresistível de contar *tudo* repetiu-se mais duas vezes nesse dia, uma vez com um homem absolutamente desconhecido, com o qual puxara conversa em uma confeitaria. Até então, não podia suportar entabular conversas com gente desconhecida em locais públicos.

Entrou em lojas, comprou jornal, foi ao seu alfaiate e encomendou uma roupa. A ideia de visitar os Pogoréltsevs continuava a ser desagradável, e não pensava neles, assim como não podia ir à dacha: continuava esperando por algo na cidade. Almoçou com prazer, falou com o garçom e o vizinho de mesa e bebeu meia garrafa de vinho. Na possibilidade de reincidência do ataque da véspera, nem pensava; estava seguro de que a doença passara por completo, no mesmo instante em que, após adormecer, em grande debilidade, pulara da cama uma hora e meia depois e, com muita força, arrojara seu assassino no solo. Ao anoitecer, contudo, sua cabeça começou ao rodar, e algo similar ao delírio da véspera, durante o sono, pareceu apoderar-se dele por instantes. Retornou para casa já na penumbra e ficou quase assustado com seu quarto, ao entrar nele. O apartamento parecia-lhe medonho e horrível. Percorreu-o algumas vezes e até entrou na cozinha, aonde quase nunca ia. "Aqui eles esquentaram os pratos ontem", ocorreu-lhe. Trancou fortemente as portas e acendeu as velas mais cedo do que o habitual. Ao trancar as portas, lembrou-se de que, meia hora antes, ao passar pela zeladoria, chamara Mavra e perguntara-lhe: "Pável Pávlovitch não passou por aqui?", como se o outro pudesse mesmo ter passado.

Após trancar-se minuciosamente, abriu a escrivaninha, retirou o estojo com a navalha "de ontem" e a abriu para examinar. No cabo branco de marfim, restaram traços minúsculos de sangue. Voltou a colocar a navalha no estojo e a trancá-la na escrivaninha. Tinha vontade de dormir; sentia que era indispensável deitar-se naquele mesmo instante, senão, no dia seguinte, ficaria imprestável. O dia seguinte, por algum motivo, apresentava-se a ele como fatal e "definitivo". Mas todos os pensamentos que não o abandonaram nem na rua, o dia inteiro, sequer por um instante, apinhavam-se e batiam em sua cabeça doente mesmo agora, de forma incansável e irresistível, e ele ficou pensando, pensando, pensando e passou um bom tempo sem conseguir adormecer...

"Se está decidido que ele se levantou para me degolar *por acaso*", ele sempre pensava e pensava, "então essa ideia não lhe teria passado antes pela cabeça pelo menos uma vez, ainda que apenas sob o aspecto de sonho, em um minuto de raiva?"

Resolveu a questão de modo estranho: Pável Pávlovitch quisera matá-lo, mas a ideia de assassinato não passara nenhuma vez pela mente do futuro assassino: "Pável Pávlovitch queria matar, mas não sabia que queria matar. Isso é louco, mas é assim", pensou Veltchanínov. "Ele não veio para cá atrás de um posto, nem por causa de Bagaútov, embora tenha ido atrás do posto, e corrido atrás de Bagaútov, e se enfurecido quando este morreu; ele desprezava Bagaútov, como uma lasca. Ele veio para cá por minha causa e trouxe Liza consigo..."

"E eu estava esperando que ele... me degolasse?" Decidiu que sim, que estava, exatamente desde o minuto em que o avistara na carruagem, atrás do caixão de Bagaútov, "eu pus-me a esperar por algo... mas, obviamente, não por isso, obviamente, não por ser degolado!..."

"E seria, seria verdade tudo aquilo", voltou a exclamar, erguendo de repente a cabeça do travesseiro e abrindo os olhos, "tudo aquilo que esse... doido me explanou ontem a respeito de seu amor por mim, quando estava de queixo trêmulo e batia no peito com o punho?"

"Verdade absoluta!", decidiu, aprofundando-se incansavelmente na análise. "Esse Quasímodo de T* era estúpido e nobre o suficiente para se apaixonar pelo amante de sua esposa, na qual não notara *nada* em vinte anos! Respeitou-me por nove anos, venerou minha memória e recordou minhas 'máximas'. Senhor, e eu não fazia ideia de nada! Ontem ele não podia mentir! Mas ele me amava ontem, quando esclarecia seu amor e dizia 'ajustemos as contas'? Sim, amava *com raiva,* é o amor mais forte..."

"Afinal, pode ser, e provavelmente foi assim, que eu tenha produzido nele, em T*, uma impressão colossal, exatamente colossal e 'deliciosa', e isso só podia acontecer justamente com esse Schiller sob a forma de Quasímodo! Ele me aumentou cem vezes, pois surpreendi-o demais em seu isolamento filosófico... Seria curioso saber como exatamente o surpreendi. Verdade que pode ser pelas luvas macias e por saber usá-las. Os Quasímodos amam a estética, ah, se amam! As luvas são bastante suficientes para certas almas nobres, ainda mais dos 'eternos maridos'. O resto, eles mesmos completam, mil vezes, e até brigam por você, se você quiser. Ele tem em tão alta conta meus meios de sedução! Pode ser que exatamente os meios de sedução sejam o que mais o surpreendeu. E seu grito de então: 'Se esse também, em quem vou acreditar depois disso?' Após um grito desses, virou uma fera!..."

"Hum! Veio para cá para 'abraçar e chorar', como ele mesmo disse, da maneira mais vil, ou seja, veio para degolar-me, mas achou que vinha 'abraçar e chorar'... E trouxe Liza. É o seguinte: se eu tivesse chorado com ele, talvez ele realmente me perdoasse, pois tinha uma vontade terrível de perdoar!... No primeiro confronto, tudo isso transformou-se em palhaçada de bêbado, em uma caricatura, e num uivo nojento e efeminado sobre ofensa. Um chifre, ele fez um chifre na própria testa! Veio bêbado para fazer palhaçada, mas conseguiu dizer; sóbrio não conseguiria... E ele gostava dessas palhaçadas, ah, como gostava! E como ficou contente ao me obrigar a beijá-lo! Só que então não sabia como terminar: abraçando ou degolando? Resultou, naturalmente, que seria melhor ambas as coisas, juntas. A decisão mais natural! Sim, senhor, a natureza não gosta de monstros e acaba com eles com 'decisões naturais'. O monstro mais monstruoso é aquele com sentimentos nobres: sei disso por experiência própria, Pável Pávlovitch! Para um monstro, a natureza não é uma mãe meiga, mas uma madrasta. A natureza pare um monstro, mas, em vez de se compadecer dele, castiga-o, e com sensatez. Abraços e lágrimas de perdão total, em nossa época, não são de graça nem para pessoas decentes, que dirá para aqueles como nós, Pável Pávlovitch!"

"Sim, ele era estúpido o suficiente para levar-me à sua noiva. Senhor! Uma noiva! Só um Quasímodo desses poderia engendrar a ideia de uma 'ressurreição para uma nova vida' por meio da ingenuidade de *mademoiselle* Zakhlebínina! Mas o senhor não é culpado, Pável Pávlovitch, não é culpado: o senhor é um monstro, então tudo de seu deve ser monstruoso – também seus sonhos e esperanças. Mas, embora monstro, duvidou do próprio sonho, por isso exigiu a sanção elevada de Veltchanínov, respeitado com veneração. Era necessária a aprovação de Veltchanínov, sua confirmação de que o sonho não era sonho, mas uma coisa real. Levou-me por me respeitar com veneração e acreditando em meus sentimentos nobres – acreditando, talvez, que lá, sob um arbusto, nos abraçaríamos e choraríamos, próximos à inocência. Sim! Finalmente, esse 'eterno marido' precisava, tinha a obrigação de punir-se por tudo, definitivamente, e, para se punir, agarrou a navalha – verdade que por acaso, mas mesmo assim agarrou! 'Mesmo assim, meteu a faca, mesmo assim terminou por meter a faca, na presença do governador!' A propósito, teria ele alguma ideia do gênero quando me contou sua anedota sobre o padrinho de casamento? E havia de fato algo naquela noite, quando ele se levantou da cama e ficou parado no meio do quarto? Não. Ele ficou parado *de brincadeira*. Levantou-se por necessidade, mas, ao ver que eu o temia, não me respondeu por dez minutos porque lhe dava muito prazer ver-me temê-lo... Daí, talvez, de fato, pela primeira vez tenha-lhe ocorrido, quando ficou parado na escuridão..."

"Mesmo assim, se ontem eu não tivesse esquecido a navalha na mesa, talvez nada tivesse acontecido. Será? Afinal, antes evitava-me, ficou duas semanas sem vir à minha casa, pois escondia-se de mim, com *pena* de mim! Afinal, incialmente escolheu Bagaútov, não eu! Afinal, foi esquentar pratos *naquela* noite, pensando em fazer uma manobra, da faca para a comoção!... Queria salvar a si mesmo e a mim com os pratos quentes!..."

E a cabeça doente daquele antigo "homem mundano" ainda trabalhou muito tempo nessa direção, girando em falso, até se acalmar. No dia seguinte, acordou com a cabeça igualmente dolorida, mas com um pavor absolutamente *novo* e absolutamente inesperado.

Esse novo pavor decorria da convicção inabalável, que se fortalecera inesperadamente, de que ele, Veltchanínov (homem mundano), naquele mesmo dia, por vontade própria, acabaria por ir até Pável Pávlovitch. Por quê? Para quê? Não sabia e, com repugnância, não queria saber, mas sabia apenas que, por algum motivo, arrastar-se-ia para lá.

Essa loucura, não tinha como chamá-la de outro jeito, contudo, desenvolveu-se até assumir, o quanto possível, um aspecto razoável e um pretexto bastante legítimo: teve uma visão de que Pável Pávlovitch voltava para seu quarto, trancava-se firmemente e enforcava-se, como o tesoureiro de que Mária Syssóevna falara. Esse sonho da véspera se transformou, aos poucos, em uma convicção maluca, porém irrefutável. "Por que esse imbecil vai se enforcar?", interrompia a si mesmo a cada instante. Lembrava-se das antigas palavras de Liza... "Aliás, no lugar dele, talvez eu me enforcasse...", pensou, certa vez.

Acabou que, em vez de almoçar, dirigiu-se a Pável Pávlovitch. "Só vou perguntar a Mária Syssóevna", decidiu. Mas, ainda antes de sair à rua, deteve-se de repente no portão.

– Mas será, mas será – gritou, rubro de vergonha –, será que estou me arrastando para lá para "abraçar e chorar"? Será que só falta essa indecência maluca para completar minha ignomínia?

Mas foi salvo da "indecência maluca" pela providência de todas as pessoas decentes e direitas. Assim que saiu à rua, de repente deparou-se com Aleksandr Lóbov. O jovem estava apressado e agitado.

– Eu estava indo à sua casa! Que tal o seu amigo Pável Pávlovitch?

– Enforcou-se? – murmurou Veltchanínov, feroz.

– Quem se enforcou? Por quê? – Lóbov arregalou os olhos.

– Ninguém... foi só por dizer; continue!

– Arre, diabos, que rumo engraçado de ideias, o seu! Não se enforcou de jeito nenhum, por que se enforcaria? Pelo contrário, partiu. Acabei de botá-lo no vagão e despachá-lo. Arre, como ele bebe, vou lhe contar! Tomamos três garrafas, Predpossýlov também, mas como ele bebe, como bebe! Cantava no vagão, lembrava-se do senhor, abanava as mãos, mandou seus cumprimentos. Mas é um calhorda, não acha?

O jovem estava de fato ébrio; a cara vermelha, os olhos brilhantes e a língua desobediente testemunhavam com força. Veltchanínov riu desbragadamente:

– Ah, então terminaram assim, finalmente, bebendo à fraternidade! Rá, rá! Abraçaram-se e choraram! Ah, vocês, poetas, Schillers!

– Não ralhe, por favor. Sabe, *lá* ele renunciou por completo. Esteve lá ontem e hoje. Fofocou terrivelmente. Trancaram Nádia na água-furtada. Gritos, lágrimas, mas não cedemos! Mas como ele bebe, vou lhe contar, como bebe! E, sabe, como ele é de *mauvais ton*[20], ou seja, se não

---

20 Mau tom. Em francês russificado no original. (N. T.)

for de *mauvais ton*, é o quê?... E sempre se lembrava do senhor, mas não dá para comparar! O senhor, de qualquer forma, é um homem decente e de fato pertenceu outrora à alta sociedade, e só agora foi forçado a se abster, por pobreza, ou o que for... O diabo é que, sabe, eu o entendia mal.

– Ah, foi ele que se referiu a meu respeito nesses termos?

– Ele, ele, não se zangue. Ser cidadão é melhor do que a mais alta sociedade. Digo isso porque, em nosso tempo, você não sabe quem respeitar na Rússia. Concorde que é uma época bem doente aquela em que não se sabe quem respeitar, não é verdade?

– Verdade, verdade, mas e ele?

– Ele? Quem? Ah, sim! Por que ele sempre dizia "o Veltchanínov cinquentão, porém arruinado"? Por que "porém arruinado", e não "e arruinado"? E ria, repetiu mil vezes. Sentou-se no vagão, cantou uma canção e chorou. Simplesmente repugnante; dava até dó, de tão bêbado. Ah, não gosto de imbecis! Começou a distribuir dinheiro entre os mendigos, pelo repouso da alma de Lizavieta. Quem era, a mulher dele?

– A filha.

– O que é isso na sua mão?

– Cortei.

– Tudo bem, vai passar. Sabe, o diabo que o carregue, é bom que tenha partido, mas aposto que, lá para onde está indo, imediatamente vai voltar a se casar, não é verdade?

– Mas e o senhor, quer se casar?

– Eu? Meu caso é outro, o senhor, de verdade, é uma coisa! Se o senhor é cinquentão, ele, com certeza, é sessentão; aqui precisamos de lógica, meu pai! E, sabe, antes, há muito tempo, eu era um eslavófilo puro, convicto, mas agora esperamos um alvorecer do Ocidente... Pois bem, até a vista; foi bom tê-lo encontrado sem precisar entrar; não vou entrar, desculpe, não tenho tempo!...

E quis partir em corrida.

– Ah, o que há comigo – virou-se, de repente –, ele mandou uma carta para o senhor! A carta está aqui. Por que o senhor não foi acompanhá-lo à estação?

Veltchanínov regressou para casa e abriu o envelope endereçado em seu nome.

No envelope, não havia nenhuma linha de Pável Pávlovitch, porém encontrava-se outra carta. Veltchanínov reconheceu a letra. Era uma carta antiga, com papel amarelado pelo tempo, tinta desbotada, escrita há dez anos para ele, em Petersburgo, dois meses após sua partida de T*. Mas essa carta não chegara até ele; em vez dela, recebeu outra; isso ficava claro pelo sentido da carta amarelada. Nesta carta, Natália Vassílievna, despedindo-se dele para sempre, exatamente como na carta que ele recebeu, e admitindo-lhe que amava outro, não ocultava, contudo, sua gravidez. Pelo contrário, para confortá-lo, prometia-lhe que encontraria uma ocasião de enviar-lhe o futuro filho, assegurava-lhe que a partir de então tinham outras obrigações, que sua amizade agora estava fortalecida para sempre. Em suma, havia pouca lógica, mas o objetivo era o mesmo: que ele a liberasse de seu amor. Ela até lhe permitia que fosse a T* um ano depois, para olhar a criança. Deus sabe por que ela repensou e mandou outra carta no lugar desta.

Veltchanínov, ao ler, estava pálido, mas imaginava Pável Pávlovitch encontrando a carta e lendo-a pela primeira vez diante da caixinha aberta de família, de madeira negra, com incrustações de madrepérola.

"Ele também deve ter empalidecido como um morto", pensou, observando casualmente o próprio rosto no espelho, "deve ter lido, fechado os olhos e voltado a abri-la de repente, na esperança de que a carta se convertesse em mero papel branco... Com certeza, repetiu três vezes a experiência!..."

O ETERNO MARIDO

    Passaram quase exatamente dois anos das aventuras por nós descritas. Encontramos o senhor Veltchanínov em um maravilhoso dia de verão, no vagão de uma de nossas ferrovias recém-inauguradas. Estava indo para Odessa, para avistar-se, por diversão, com um amigo, e além disso, por outra circunstância, também bastante agradável; através desse amigo, esperava arranjar um encontro com uma mulher extraordinariamente interessante, à qual já há tempos desejava ser apresentado. Sem entrar em detalhes, limitamo-nos apenas a observar que ele se regenerara fortemente, ou, para melhor dizer, emendara-se nesses últimos dois anos. Quase não sobraram traços da hipocondria anterior. Das diversas "recordações" e inquietações, consequências da doença, que o tinham começado a assaltar há dois anos, em Petersburgo, na época do malogrado processo, permanecera apenas uma vergonha oculta da consciência da antiga pusilanimidade. Recompensava-o em parte a convicção de que aquilo não mais aconteceria e de que ninguém jamais saberia disso. Verdade que então abandonou a sociedade, passou até a se vestir mal, escondeu-se de todos, e isso, naturalmente, foi notado por *todos*. Mas ele apareceu tão rápido, assumindo a culpa, e com um ar tão renascido e autoconfiante que "todos" imediatamente o perdoaram pelo afastamento momentâneo; mesmo aqueles que ele parara de cumprimentar foram os primeiros que o reconheceram e estenderam-lhe a mão, ademais sem nenhuma pergunta importuna, como se, por todo aquele tempo, ele tivesse estado longe, ausente em razão de assuntos domésticos, que não eram da conta de ninguém e, apenas agora, regressado. A causa de todas essas mudanças vantajosas e sadias, para melhor, era, obviamente, a vitória no processo. Veltchanínov obtivera, ao todo, sessenta mil rublos, uma quantia indiscutivelmente modesta, mas, para ele, muito importante; em primeiro lugar, imediatamente voltou a se sentir em solo firme, ou seja, aliviara-se moralmente; agora já sabia com certeza que não esbanjaria esse dinheiro "como um imbecil", como esbanjara suas duas primeiras fortunas, e que ele lhe bastaria por toda a vida. "Por mais que o edifício social deles estale, e apregoem o que quiserem", pensava, às vezes, examinando e auscultando tudo de maravilhoso e incrível que ocorria ao seu redor, por toda a Rússia, "e que as pessoas e ideias se transformem no que for, mesmo assim sempre terei esse jantar fino e saboroso, a cuja mesa agora estou sentado e, portanto, estou preparado para tudo". Essa ideia, de uma ternura que chegava à volúpia, aos poucos apoderou-se dele completamente e produziu uma reviravolta até física, sem falar do moral: agora parecia um homem absolutamente diferente em comparação com o "hamster" que descrevemos dois anos atrás e ao qual já tinham começado a suceder histórias tão desagradáveis. Parecia alegre, sereno, importante. Até as rugas malignas que tinham começado a se formar em volta de seus olhos e na testa quase alisaram; até a cor de seu rosto alterou-se, tornou-se mais branco, mais rosado. No presente instante, estava sentado em um lugar confortável, no vagão de primeira classe, e em sua mente brotara uma ideia graciosa; na estação seguinte, havia uma bifurcação, e uma estrada nova ia para a direita. "Se, por um minutinho, eu deixar o caminho planejado e tomar a direita, em não mais do que duas estações seria possível visitar mais uma dama conhecida, recém-regressada do exterior, e que agora se encontra na solidão do seu distrito, agradável para mim, mas bastante tediosa para ela; ou seja, surgiria a possibilidade de empregar o tempo de forma não menos interessante do que em Odessa, ainda mais que os de lá não vão fugir..." Porém, ainda hesitava e não tomava uma decisão definitiva; "aguardava um empurrão". Enquanto isso, a estação aproximava-se; o empurrão tampouco demorou.

Nessa estação, o trem parava por quarenta minutos, e um almoço era oferecido aos passageiros. Bem na entrada do salão para passageiros de primeira e de segunda classe, apinhava-se, como de praxe, uma quantidade de público impaciente e apressado, e, talvez, também como de praxe, produziu-se um escândalo. Uma dama, egressa do vagão da segunda classe, e de uma beleza notável, mas vestida de forma excessivamente suntuosa para uma viagem, quase arrastava consigo, por ambas as mãos, um ulano, oficialzinho muito jovem e belo, que tentava escapulir. O jovem oficialzinho estava bastante embriagado, e a dama, com toda a chance de ser uma parente mais velha, não o largava, provavelmente por receio de que ele se jogasse diretamente na direção do bufê de bebidas. Enquanto isso, no aperto, um mercadorzinho, que também farreara, até perder a linha, trombou com o ulano. Já era o segundo dia que o mercadorzinho estava atolado na estação, bebendo e dissipando dinheiro, rodeado de diversos camaradas, e nunca conseguia chegar a tempo no trem para seguir adiante. Estourou uma briga, o oficial gritava, o mercadorzinho xingava, a dama caiu em desespero e, puxando o ulano para fora da briga, exclamava-lhe, com voz de súplica: "Mítienka! Mítienka!"[21] O mercadorzinho achou aquilo escandaloso

---

21 Apelido de Dmítri. (N. T.)

demais; verdade que todos riram, mas o mercadorzinho ofendeu-se ainda mais pelo que lhe parecia uma ofensa moral.

– Arre, "Mítienka!" – proferiu, em tom de reproche, arremedando a vozinha fina da fidalga. – Não se envergonhe nem em público!

E aproximando-se, cambaleante, da dama, que se jogara na primeira cadeira em que conseguira colocar o ulano sentado ao seu lado, ele fitou ambos com desprezo e disse, de forma arrastada, e cantando:

– Sua rameira, rameira, fica abanando o rabo!

A dama deu um gritinho e olhou ao redor, queixosa, esperando por salvação. Tinha vergonha e medo e, para cúmulo de tudo, o oficial pulou da cadeira e, berrando, quis se arrojar contra o mercadorzinho, mas escorregou e baqueou de volta na cadeira. A gargalhada em volta aumentava, e ninguém pensava em ajudar. Veltchanínov, porém, socorreu: de repente, agarrou o mercadorzinho pelo cangote e, virando-o, empurrou-o a cinco passos de distância da mulher assustada. Assim o escândalo acabou; o mercadorzinho ficara fortemente pasmado com o empurrão e com a figura imponente de Veltchanínov; seus camaradas levaram-no embora de imediato. A fisionomia garbosa do fidalgo elegantemente vestido exerceu uma influência imponente também nos zombadores; o riso cessou. A dama, corando e a ponto de chorar, começou a se derramar em protestos de agradecimento. O ulano murmurava "Brigado, brigado!" e quis apertar a mão de Veltchanínov, mas, além disso, de repente, inventou de se deitar nas cadeiras e esticou as pernas sobre elas.

– Mítienka! – gemeu a dama, em forte tom de reproche, erguendo os braços.

Veltchanínov estava satisfeito com a aventura e seu ambiente. A dama interessava-o; via-se que era uma riquinha de província, vestida, ainda que suntuosamente, com mau gosto e de modos ridículos, reunindo em si exatamente tudo que garantia o êxito de um almofadinha da capital que tivesse determinados objetivos com relação à mulher. Entabulou-se uma conversa; a dama narrava com ardor e se queixava do marido que "de repente, sumiu do vagão, e tudo isso aconteceu porque ele sempre some quando é necessário..."

— Mas as necessidades... — murmurou o ulano.
— Ah, Mítienka! — A dama voltou a erguer os braços.
"Vai sobrar para o marido!", pensou Veltchanínov.
— Como ele se chama? Vou buscá-lo — propôs.
— Pal Pálytch — replicou o ulano.
— Seu esposo se chama Pável Pávlovitch? — Veltchanínov perguntou, com curiosidade, e de repente a cabeça calva e conhecida intrometeu-se entre ele e a dama. Por um momento, visualizou o jardim dos Zakhlebínins, as brincadeiras ingênuas e a cabeça calva e importuna intrometendo-se incessantemente entre ele e Nadiejda Fedossêievna.

— Finalmente o senhor! — gritou a esposa, histérica.

Era mesmo Pável Pávlovitch; em espanto e medo, olhava para Veltchanínov, ficando atônito diante dele, como diante de um fantasma. Estava tão petrificado que passou um tempo, visivelmente, sem entender nada do que a esposa ofendida e irritada matraqueava-lhe. Por fim, estremeceu e compreendeu de uma vez todo o seu horror: sua culpa, o que acontecera com Mítienka, e que aquele *messiê*, por algum motivo, a dama chamava Veltchanínov assim, "foi para nós um anjo da guarda, um salvador, e o senhor está sempre indo embora quando é necessário..."

Veltchanínov de repente caiu na gargalhada.

— Mas nós somos amigos, amigos de infância! — exclamou, para a dama espantada, enlaçando, de forma familiar e protetora, com o braço direito, o ombro de Pável Pávlovitch, que esboçava um sorriso amarelo. — Ele não lhe falou de Veltchanínov?

— Não, nunca falou — A esposa ficou perplexa.
— Então apresente-me, pérfido amigo, sua esposa!

— Lípotchka[22], esse é de fato o senhor Veltchanínov, veja... – quis começar Pável Pávlovitch, interrompendo-se, envergonhado. A esposa ruborizou-se e faiscou-lhe os olhos, com raiva, pelo visto, por causa do "Lípotchka".

— E, imagine, não informou que ia se casar nem convidou para as bodas, mas a senhora, Olimpíada...

— Semiónovna – soprou-lhe Pável Pávlovitch.

— Semiónovna! – retrucou o ulano, que acordara de repente.

— Perdoe-o então, Olimpíada Semiónovna, por mim, pelo encontro dos amigos... Ele é um bom marido!

E Veltchanínov deu um tapinha amistoso no ombro de Pável Pávlovitch.

— Eu, minha alma, só por um minutinho... atrasei... – Pável Pávlovitch quis começar a justificar-se.

— E abandonou a mulher ao opróbrio? – atalhou Lípotchka, imediatamente. – Quando precisa, não está, onde não precisa, está...

— Onde não precisa, está, onde não precisa... onde não precisa... – ecoou o ulano.

Lípotchka quase sufocava de nervoso; sabia que não era bom fazer aquilo na frente de Veltchanínov e corava, mas não conseguia se dominar.

— Onde não precisa, o senhor é bastante cauteloso, bastante cauteloso! – deixou escapar.

— Embaixo da cama... procura amantes... embaixo da cama... onde não precisa... onde não precisa... – Mítienka acalorou-se de repente.

Mas com Mítienka já não havia o que fazer. Aliás, tudo terminou de forma agradável; foram completamente apresentados. Mandaram Pável Pávlovitch atrás de café e uma canja. Olimpíada Semiónovna explicou a Veltchanínov que agora estavam indo por dois meses de O*, onde seu

---

22 Diminutivo de Olimpíada. (N. T.)

marido trabalhava, para sua aldeia, que não ficava longe, a quarenta verstas da estação, que tinham uma casa e um jardim maravilhosos, que recebiam convidados, que tinham vizinhos e que, caso Aleksei Ivánovitch tivesse a bondade e a vontade de visitá-los "em seu retiro", ela o receberia "como um anjo da guarda", pois não podia se lembrar sem horror o que teria sido se... etc., etc., em suma, "como um anjo da guarda..."

– E salvador, e salvador – insistiu o ulano, com ardor.

Veltchanínov agradeceu polidamente e respondeu que estava sempre pronto, que era um homem absolutamente ocioso e desocupado e que o convite de Olimpíada Semiónovna era demasiado lisonjeiro. Imediatamente, entabulou uma conversa alegre, na qual enfiou, com êxito, dois ou três elogios. Lípotchka corou de satisfação e, assim que Pável Pávlovitch retornou, declarou-lhe, entusiasmada, que Aleksei Ivánovitch tivera a bondade de aceitar seu convite de ficar um mês inteiro hospedado com eles, na aldeia, e prometera ir dentro de uma semana. Pável Pávlovitch deu um sorriso desconcertado e calou-se. Olimpíada Semiónovna sacudiu-lhe os ombrinhos e elevou os olhos para o céu. Por fim, separaram-se: mais uma vez gratidão, mais uma vez "anjo da guarda", mais uma vez "Mítienka" e, por fim, Pável Pávlovitch foi acomodar a esposa e o ulano no vagão. Veltchanínov acendeu um charuto e se pôs a perambular pela galeria, diante da estação; sabia que Pável Pávlovitch voltaria correndo para falar com ele, antes do sinal. Assim foi. Pável Pávlovitch apareceu sem demora na sua frente, com uma pergunta ansiosa nos olhos e em toda a sua fisionomia. Veltchanínov riu-se: tomou-o "amistosamente" pelo cotovelo e, indo até o banco mais próximo, sentou-se e acomodou-o a seu lado. Ficou calado; queria que Pável Pávlovitch fosse o primeiro a falar.

– Então vem nos visitar, senhor? – balbuciou, abordando o assunto com toda a franqueza.

– Mas eu sabia! Não mudou em nada! – gargalhou Veltchanínov. – Mas por acaso o senhor – voltou a dar-lhe um tapinha no ombro –, por acaso o senhor, ainda que por um minuto, pôde pensar a sério que eu de fato vou me hospedar na sua casa, e ainda por um mês? Rá, rá!

Pável Pávlovitch sacudiu-se todo.

– Então, o senhor não vem! – gritou, não escondendo sua alegria de forma alguma.

– Não vou, não vou! – Veltchanínov riu, satisfeito consigo. Aliás, ele mesmo não entendia por que achava aquilo particularmente engraçado, mas, quanto mais prosseguia, mais engraçado ficava.

– Por acaso... por acaso o senhor está falando para valer? – E, ao dizer isso, Pável Pávlovitch chegou até a pular do lugar, em expectativa palpitante.

– Sim, já disse que não vou, que homem esquisito!

– Como vou... se é assim, o que vou dizer a Olimpíada Semiónovna quando, dentro de uma semana, o senhor não aparecer, e ela estiver esperando?

– Que dificuldade! Diga que quebrei a perna, ou algo do gênero.

– Não acreditará, senhor – proferiu Pável Pávlovitch, com vozinha queixosa e arrastada.

– E vai sobrar para o senhor? – Veltchanínov continuava rindo. – Mas reparo, meu pobre amigo, que o senhor treme diante de sua linda esposa, hein?

Pável Pávlovitch tentou rir, mas não conseguiu. Que Veltchanínov se recusasse a ir, naturalmente, era bom, mas sua familiaridade com relação à esposa já era ruim. Pável Pávlovitch ficou desgostoso; Veltchanínov reparou. Enquanto isso, soou já o segundo sinal; a distância ouvia-se uma vozinha fina do vagão, chamando Pável Pávlovitch com aflição. Este se atarantou em seu lugar, mas não acorreu ao chamado, visivelmente ainda esperando algo de Veltchanínov, naturalmente mais uma afirmação de que ele não o visitaria.

– Qual o antigo sobrenome de sua esposa? – indagou Veltchanínov, como se não reparasse absolutamente na inquietação de Pável Pávlovitch.

– Tomei a filha do nosso inspetor eclesiástico, senhor – respondeu o outro, olhando para os vagões e apurando o ouvido, confuso.

– Ah, entendo, pela beleza.

Pável Pávlovitch voltou a ficar desgostoso.

– E o que esse Mítienka é de vocês?

– É o seguinte; um parente distante nosso, ou seja, meu, filho de minha prima, falecida, Golúbtchikov, foi exonerado por violação da ordem, mas agora reintegrado; nós o equipamos... Um jovem desgraçado, senhor...

"Ora, ora, tudo em ordem; mobiliário completo!", pensou Veltchanínov.

– Pável Pávlovitch! – Um apelo distante voltou a soar do vagão, já com uma notinha bastante irritada na voz.

– Pal Pálytch! – ouviu-se outra voz, rouca. Pável Pávlovitch voltou a se atarantar e agitar, mas Veltchanínov pegou-o firmemente pelo cotovelo e deteve-o.

– E quer que agora eu vá e conte à sua esposa como o senhor quis me degolar, hein?

– O que é isso, o que é isso, senhor! – Pável Pávlovitch assustou-se terrivelmente. – Que Deus o guarde.

– Pável Pávlovitch! Pável Pávlovitch! – as vozes voltaram a soar.

– Pois vá embora! – Veltchanínov soltou-o, por fim, continuando a sorrir com bonomia.

– Então não vai, senhor? – sussurrou, pela última vez, quase em desespero, Pável Pávlovitch, e até juntando as mãos diante dele, à moda antiga.

– Pois lhe juro que não vou! Corra, senão vai ser uma desgraça!

E estendeu-lhe largamente a mão. Estendeu e estremeceu: Pável Pávlovitch não a aceitou e até retirou a sua.

Soou o terceiro sinal.

Por um momento, passou-se algo estranho com ambos; era como se estivessem transfigurados. Algo pareceu sacudir e romper de repente em Veltchanínov, que ainda há um minuto ria tanto. Agarrou Pável Pávlovitch com força e fúria pelo ombro.

– Se eu estou lhe estendendo esta mão – mostrou-lhe a palma da mão esquerda, onde havia uma cicatriz forte e patente da ferida –, o senhor bem que podia aceitá-la! – sussurrou, com lábios trêmulos e pálidos.

Pável Pávlovitch também empalideceu, e seus lábios também tremeram. Seu rosto foi subitamente percorrido por convulsões.

– E a Liza, senhor? – balbuciou em um sussurro rápido, e, subitamente, seus lábios, faces e queixo saltitaram, e lágrimas jorraram dos olhos. Veltchanínov ficou petrificado diante dele.

– Pável Pávlovitch! Pável Pávlovitch! – berravam do vagão, como se alguém estivesse sendo esfaqueado. De repente, soou um apito.

Pável Pávlovitch voltou a si, ergueu os braços e partiu em desabalada carreira; o trem já avançava, mas ele conseguiu, de alguma forma, agarrar e pular para seu vagão em marcha. Veltchanínov ficou na estação e só ao entardecer, após esperar por outro trem, dirigiu-se pelo caminho anterior. Não foi para a direita, na direção da amiga do distrito. Estava muito de mau humor. E como lamentou depois!